DOUBLE

DU MÊME AUTEUR

Il a été tiré de *Double* 10 exemplaires sur papier de Chine et 10 sur papier du Japon.

FRANCIS POICTEVIN

DOUBLE

PARIS
ALPHONSE LEMERRE, ÉDITEUR
23-31, PASSAGE CHOISEUL, 23-31
M DCCC LXXXIX

A

GUSTAVE MOREAU

au peintre génial des mythes,

immémorialement

son humble et affectueux

F. P.

DOUBLE

Paris, octobre 88.

Une vulgaire glace d'armoire, d'habitude clair mystère. Fidèle et prostituée, à chacun elle s'ouvre pour l'offrir, le rendre à lui-même, et, de ce qui s'est vu en elle, elle ne garde pas trace ce semble. O pleine de possessions perdues ! Un soir pourtant, il y a des années, dans elle s'embrumant sans plus de reflets, a glissé une forme drapée, revenante ombre d'invisible, d'un noir mortel.

Dans les moments durs, *ils* ont remarqué que toujours un orgue de barbarie ou un aigre violon ou un chant faux, criard se trouvait là juste à point à les tirailler, comme si leurs nerfs martyrisés devaient étreindre leur âme.

Sur la terrasse des Tuileries, deux hommes près d'*eux* passèrent, puis s'assirent. Le plus jeune avait plus de quarante ans, l'autre ne comptait plus d'années, ils avaient une mise recherchée et dégageaient une odeur de parfumerie grasse. Le vieux marchait, se tenait tel qu'un mannequin articulé. Bientôt des gamins firent cercle, riant de ces empaillés, le plus jeune bondit, leva sa canne à pommeau doré contre les enfants, l'autre comme poussé par un ressort imita son compagnon et, sans parler, ouvrait de gros yeux d'un fixe bête qui à la longue devint terrible. Les gamins s'enfuirent ricanants, les deux individus reprirent une immobilité menaçante.

Tout l'atelier Redfern était là, les ouvrières — les demoiselles se promenaient bras dessus bras dessous, deux ou trois ensemble, les apprenties, des gamines en jupes courtes, jouaient à cache-cache. L'une trouva dans les feuilles une hirondelle dont les fourmis dévoraient le ventre, elle s'en servit comme d'un épouvantail envers ses camarades. Toutes ces fillettes criaient se sauvant les unes avec une vraie peur et d'autres par affectation du dégoût « de cette bête crevée. » Quand le jeu eut assez duré, quatre des demoiselles qui trouvaient « cela ridicule » prirent l'oiseau par les pattes, les ailes, tirant à elles et jetant en l'air les débris de l'hirondelle écartelée.

La Seine vert-jaune passait rapide près des piles, sous les arches elle était barrée de bleu livide. En amont, en aval l'eau semblait immobile, à peine à l'avant des bateaux un remuement blanc cassé. L'eau, sans être compacte ni lourde, était fermée.

Elle lui parle de ses souvenirs à elle au pays. A présent Jean de la vigne, le voiturier, languit dans un vieux fauteuil de noisetier. Une maladie de cœur l'emporte doucement, il ne s'oublie plus en caresses, en flatteries sur « Sophie » harnachée, pomponnée comme une mule espagnole, car c'était toujours par un compliment sur la mule qu'arrivé il répondait tout chambillant aux remontrances emportées de sa femme. De la fenêtre de la chambre où *elle* sent encore une odeur comme grise et verte, il contemple de ses pâles yeux bleus la grande route tournante qui s'enfile dans le bois de sapins et tout près, presque sous la fenêtre, le cimetière aux croix de fer rouillées et noires. Il sait qu'il n'en a plus pour longtemps, l'enflure le gagne, et « las moi ! ce n'est pas la peine de tant souffrir avant d'aller sous l'aile... » Ce dont la Stasie se fâche encore « le cimetière c'est comme cette vie un passage. »

Mais Jean de la vigne meurt triste, il n'attend rien, bien qu'il parte muni des sacrements.

Ce qui ne leur semble pas du tout étrange à *elle* et à *lui*, c'est un fils de rebouteux qui allait passer des heures, des jours dans une forêt profonde, non loin du village. Les gens supposaient un vice caché, mais le médecin que la mère a été consulter a dit que ce n'était sûrement pas ça la cause de l'amaigrissement, du dépérissement de son garçon. Qu'est-ce donc qui faisait que sans être malade il ne mangeait pour ainsi dire plus et qu'il demeurait sans vouloir travailler, les yeux ouverts, sans gestes, muet, à la même place au carrefour de la Vallière, sans entendre ni voir venir à lui les gens ?

Dans le ciel au-dessus de la Seine ce soir-là, c'étaient un peu en alignement des formes mythiques. Une carcasse très longue, aux pattes courtes, aux vertèbres en chaîne ; cette anatomie grandiose avait une légèreté. Puis, un oiseau presque massif, non encore impassible pourtant, dans son immobilité d'augure ; il semblait rester en l'attente d'une minute dont la signifiance prendrait des proportions éternelles. Devant, s'élevait comme juchée dans les airs une menue, insexuelle figure joliment rondie mais tronquée, tronçon de fol ou de lyre. Et enfin des déformations vives, imperceptibles agitèrent ces fantaisies, dans un sans-bruit concordant à la durante fixité grise de l'oiseau fatidique. Le ciel tout au loin laissait de si minces, si étroits verts d'iris se fondre dans son cristal.

Le tout d'un visage souvent *les* arrête, les gêne moins que des bribes de lignes, de l'expression. Dans un infime pli de lèvre, de paupière, dans un mouvement quasi inaperçu, se décèle la marque méchante ou médiocre. Que rares les physionomies au sourire d'une suprasensible fuyance !

Dans la physionomie de la Joconde, c'est ce semble un sourire de souvenir. Le présent de la femme se pacifie dans presque une indifférence. Si elle se jugeait elle-même, sans doute elle serait impartiale. Et elle ne laisse pas de faire entendre, en je ne sais quelle murmuration vague, que les choses en vérité ne valent que hors de prise.

Il semble impossible non seulement de s'expliquer, mais de s'entendre, même entre intimes; ce qu'on rend par la parole n'a déjà plus sa fleur.

A des midis d'été, le fond de l'azur se creuse sans mesure péniblement, pourtant il aimante par ce degré extrême d'invisibilité. Cachante clarté !

Des fumées de vapeurs s'étaient déroulées, un peu se croisant, sur un ciel bleu mourant de crépuscule au-dessus d'une mer gris-vert. Il y avait eu à l'horizon une entr'ouverture d'un fin rose passé.

Ce soir d'un jour de pluie et de piquant soleil, ce soir presque froidi, *ils* ont eu une sensation de rose fauve dans le ciel. Les autres nues grises, autour, gardaient une indécision d'orage qui fait seulement trêve.

La voix de la chatte, la nuit, dans sa causerie susurrante à son petit, a une liquidité lactée. La chambre baignant dans l'ombre, l'abat-jour de la bougie retourné vers le mur, la chambre s'éclaire et se mouille pâlement de la traînée charmante de cette voix.

L'homme qui épouse une veuve devrait ne pas supporter qu'elle quitte le deuil, car enfin lui laisser oublier le mort n'est-ce pas lui conseiller d'avance de ne point se souvenir de lui non plus en cas pareil? et d'ailleurs, en dehors de ce préventif raffinement d'égoïsme, ce noir prolongement des nouveaux époux vers le tiers disparu, rappelé sans écho, ne renferme-t-il pas un attrait de lacune?

Dans une rue un escalier de cave dévalant, s'enfournant dans une ténèbre, et au-dessus —

dans une paroi renfoncée — une petite vitre aux luisants de nuit où se reculaient de vaines apparitions.

Cette fin de journée à Point du Jour, du talus des fortifications la vue se faisait agrandissante. La femme qui se promenait plus bas avec son regard indiscret et bête, plus loin l'homme couché détendu, lâche dans l'herbe maigre près d'un bassin — morne miroir, les grincements ondulatoires des wagonets des montagnes russes et les gens dedans qui se pâment, les sifflets stridents des locomotives à la gare, le roulement grondant des trains sur le viaduc, puis la tour Eiffel en son dressement de fer banal, de l'autre côté les verdures embrumées de chaleur et mal pâlissantes, dans elles à mi-côte un viaduc presque étonnant là par sa structure solitaire non alourdie, la Seine enfin coulant lentement sa sueur métallique, et menaçant ces choses de la terre un ciel de nuages accumulés en lugubre triomphe — dorures se violaçant grises, c'était quelque vision de l'histoire du monde. Cette femme sous les remparts se promenant ennuyée et quêteuse dans l'impossibilité de se recueillir, cet homme aveuli dans un endormement ou une inutile lecture, ces êtres manifestaient presque toute société humaine, ils la démasquaient à leur insu. En leur mutuelle horreur de la solitude, ne restaient-ils pas condamnés à elle! Au bord du fleuve, *il* remarquait un barbet battant de la queue, ce chien précédait avec vigilance son maître vêtu avec une pauvreté décente et ne mendiant pas. Une bourgeoise entourée se faisait peser, quelques gens attendaient le résultat avec impatience. Aux chevaux de bois, la manivelle tournée geignait une lamentation qui *lui* sembla aride comme la vie.

Pourquoi, en cette marche attardée de ce matin au bois de Boulogne, en un coin sans personne, parmi les reflets moins distincts se prolongeant des verdures dans les eaux assez troubles, parmi les rayons et les ombres s'entremêlant, dans ce silence chaleureux de l'air, pourquoi le sens secret se dérobait-il à *son* si avide désir ? le visible, là, lui rappelait des figurations rencontrées en d'autres lieux, et c'était en une confusion moins présente que passée qu'elles lui devenaient un moment chères, plus chères qu'autrefois sans doute. Cependant, ces apparences visuelles restaient encore en une superficie, elles ne lui défatiguaient pas l'âme. Quel donc ce résidu dernier senti en soi par delà les morcelantes analyses ? L'émotion comme estivale de ces premières heures du jour oppressait mieux que le cœur, la pensée fugitivement profonde. Et il regardait à un cerisier la fente craquée qu'a faite le vent du nord, les efflorescences blanchâtres sur l'écorce verdie, il détachait pour les goûter des larmes d'un orange avivé, torpidement coulantes ou déjà poussiéreusement cristallisées mais tièdes encore, comme à des plaies de l'arbre. Et discrètement il se tord toujours dans sa grâce hautaine, le jet à peine gauchi, et l'humide poudre et les gouttes sanguines voisinant en une ironie avec la crevasse.

Dans un coin moins couru des Champs-Élysées, un orme garde au-dessus de sa base, sous et entre deux bourrelets — colonnettes démesurées, une verrue figurant on ne sait quelle tête à l'embryologie ruineuse. La pensée de l'homme essaye de se reconnaître en le pressentiment par les précédentes formes de la sienne qui, selon l'ordre des fatalités, en devait issir.

Au coucher du soleil, de dessus la Seine, c'était un charme ces gris de soie des nues s'ondulant parmi les lueurs déjà endormies. L'atmosphère contenait sa fièvre. Et dans l'eau et dans le ciel glissaient frisantes de molles déchirures.

A une des murailles du quai de la Concorde, une lanterne accrochée, éclairant incertainement l'escalier anguleux vers le fleuve, cette lanterne entre les deux éventails d'ombre par elle collés au mur veillait au-dessus de l'eau mal miroitée et tremblotante.

L'extrait concentré d'ambre gris, d'une teinte

jaune un peu brunie — sorte de topaze pas encore brûlée, a une senteur si finement tendre et sans réseau qu'elle se garde vaste.

Un tissu blanc de l'Inde, à une vitrine, des cercles le pastillaient de leur blancheur s'argentant indécise et dans ces cercles on pouvait croire à un frissonnement des menues feuilles lunairement fleuries.

Un rêve de *lui*. Nageait, la tête seule hors de l'eau, un poisson à dimension d'hippopotame, tête humainement expressive et brutale, terrifiante. Et la tête continuait à flotter seule audessus de l'eau, tête d'un noir glabre et trempée. Puis, comme *il* cessa tout à coup de longer le bassin où immergeait l'innommable être, *il* se retrouva à l'extrême bout oblique d'un couloir sans commencement, qui indéfiniment serpentait en une région d'abîme. Et une cloison inexplicablement composée par l'artifice de quelque gnome *le* séparait, tranquillement enfin, du poisson monstrueux, maintenant exigu, tortile, couché perfidement sur le sol du couloir, la tête presque dressée telle que d'une vipère, *il* restait ébloui, pour un peu fasciné par le ton saure de l'écailleuse bête.

Au restaurant, des carrés de sucre d'une piquante blancheur, rassemblés dans une coupe, *lui* apparaissaient en leur chimique réalité noire qui destine aux brûlures.

Dans des panneaux de vieille peluche bleuâtre foulée, dans les froissements de l'étoffe se font rêver, le soir, des grottes aux infiltrations de lune. Des allongements s'y prolongent en des eaux calmement profondes, pendements filés, et une gondole de velours noir intense stationnait sur ces eaux dans une attente inviteuse, relique somptueusement funéraire. Plus haut, des blocs se suspendaient détachés; à un autre panneau d'un blanchoyant azur, des rameaux madréporiques avaient surgi de fonds de givre, parmi de douteuses larves. Puis, selon qu'on passait devant ces scènes de rayonnements noyés, tout se rebrouillait de la peluche suave.

Elle *leur* revient poignante en son inoffensivité cette pauvre, encore jeune paysanne d'Oberhofen le long du lac de Thoune, dolente créature arrêtée au bord de la route dans une pose navrée si elle n'eût semblé presque inconsciente. Elle était là debout, détournée, la tête inclinée, des filets de bave continuaient de dégoutter de sa bouche, sans qu'on l'entendît se plaindre à peine.

Après-midi de dimanche. *Il* sent son âme étreinte par une peine indicible. Sourdes transes où l'on s'éprouve se déjeter, se retordre, se recroqueviller, hors des temps. C'est l'esprit qui touche vainement aux confins extrêmes. Et alors en cette immensité de désolation apparaît, subsiste un coin souvenu, une terre de refuge. L'estacade de Honfleur, à l'instant, était cet endroit où flottait *son* espérance naufragée: secondes de répit pour l'âme haletante, elle s'en va errer sous des cieux aux irisations grises, sur les eaux qui s'enflent en une glaucescence. Et dans les terres au loin elles se perdent, larges encore, comme s'évasant au delà des falaises.

Pendant un déjeuner, il n'écoutait plus ce qu'elle disait mais le ton de sa voix. Les paroles eussent amoindri le sens des modulations agilement mignonnes. Une hésitation, moins finette peut-être cette fois que pudique, mouillait son dire. Et il jouissait qu'elle ne s'entendît point. Ils restèrent les yeux presque grisés l'un de l'autre, et il lui demandait en se serrant un rien contre elle, en ce coin inobservé de restaurant, il lui demandait de lui expliquer ce qu'elle avait dit. Moments exceptionnels où la forme d'un être est devenue en quelque sorte son âme.

Des tentures souples et gélides leur étaient presque aussi séduisantes que des parfums qui se laisseraient palper, parcourir. Le vieux-bleu a une surannée semblance de galanterie pure.

Dans l'acte d'amour, on se sent les genoux se briser en l'agenouillement devant la femme, et l'on s'étonne et l'on souffre de cette posture, naturellement venue au corps du mâle; l'agenouillement ne se conçoit que dans la prière.

Et *lui* resongeait en des retours fatigués à la venue en lui de la puberté, plus fade qu'ardente. Pourtant ç'avait été alors des exaltations enfantines. Plus tard, s'était montré le faux des réalités. Celle-ci avait pu paraître plaisante par sa sveltesse, sa peau pâlement blanche, ferme et délicate; mais elle s'était dévêtue et froidissait à mesure. Et elle disait que cela l'ennuyait, elle regrettait son amie avec qui il l'avait trouvée. Son embarras à lui fut extrême, la chambre d'hôtel le déconcertait de son impassibilité louche. L'argent lui a fourni l'occasion polie de s'en aller. Une autre fois, sans plus ce mépris de la femme pour l'homme, ç'avait été une fille éprise de son enfant et avouant ne plus se livrer que dans l'intérêt de ce petit, sur lequel lui la laissait s'étendre avec complaisance. Ils causèrent l'un près de l'autre en une contradiction de sa posture et de son langage à elle. Et pis que tout, une grande qui au commencement du déshabillage se révélait une goule aux mamelles coulées. Déjà il avait pris la porte, penaud et même peureux. Il s'était senti ridicule, infâme devant cette misère.

La nuit avancée, il écoutait, passant par la cuisine, la stillation lente, ponctuelle de la goutte d'eau du robinet au-dessus de l'évier, dans une terrine débordante. Et l'on n'entendait que le son de ces secondes d'une liquide ironie. La flamme de la bougie, sans plus trop *le* gêner, en brûlait moins intense.

De l'intérieur d'un restaurant *ils* remarquaient en dehors, un soir, dans la lanterne d'un réverbère comme une paire d'yeux duveteusement cerclés et clignotants; seuls ainsi, sans qu'on les pût rattacher à rien, ils en venaient à *les* éberluer comme des remords de choses qu'on s'imagine oubliées.

Dans le même restaurant, *ils* s'affectaient d'un maquignon à l'allure chevrotante, de la peau faussement rafraîchie de son visage où, entre les sourcils mal hérissés, se trémousse une taroupe, de ses cheveux blancs en poils de porc, de ses impotentes mains soufflées, des deux loupes tenant prisonnière à un index une chevalière. Et cette voix pâteuse qui se conglutine!

Une signature d'écrivain semblait une boursouflure batracienne, avec cette différence toutefois que chez l'homme ce rappel d'un animal en déprave la prime forme.

Un père, dont l'enfant idiote était morte toute petite, la retrouve, dans ses rêves la nuit, charmante. Seraient-ce ses désirs, son amour paternels qui perfectionnent ainsi, en quelque sorte achèvent son enfant?

Les choses, peut-être le plus intéressantes entre deux êtres, c'est ce qu'ils se gardent de se dire. Entre homme et femme surtout, elles couvent de façon réellement maléficieuse à des heures.

Le son de ses paroles à *lui* ne correspond que si mal à sa voix intérieure. Selon surtout le degré de non franchise des gens, il sent ses intonations se déformer en une fausseté insupportable.

C'est entre *elle* et *lui* des fois, le soir, une haleine de silence. Lignes joncées, défléchies, bleus qu'on croirait violir, espoirs meurtris, enveloppants frissons.

Un soir à terre entre les pieds d'un cheval de tombereau, *ils* regardaient glisser le reflet de sa lanterne. Ce semblait une ombre d'une gaieté voilée de lanterne vénitienne, qui allait et venait entre les pauvres pieds boulonn's de la bête de somme et les aurait dorlotés.

Nues éraillées, tirées, douces, galandées de freluches, hautes dans un azur sans crudité; artifice fané des feuillages ne se mouvant pour ainsi dire plus entre ici-bas et là-haut, sorte de rêve désespérément magnifique figé dans un intermonde; minuits de lune brillante et usée, comme prise dans des nues gris-bleuâtre de nacre fondue que mouchetent des ombres veloutées.

Une nuit, dans un rêve de fièvre, *il* se trouvait avec *elle* et un vieillard celant ses concupiscences. Il leur apparut soudain que c'était une chambre d'assassiné — on le sentait quoiqu'il n'y eût pas trace, cette pièce chagrine où, sans la moindre lumière, se diffusait trouble une lueur de par derrière la fenêtre. Par là-bas derrière s'étendaient des plaines océaniques aux rumeurs illusoires; s'ils regardaient par la vitre d'un gris livide, ils n'entendaient plus rien, ils devinaient seulement plutôt qu'ils ne voyaient des étendues sans bornes un peu et très lentement montantes, eaux singulièrement houleuses et aussi stationnantes indiscernablement; c'était une sensation affolante et retenante de quelque chose qui aurait dépassé les limites de la vie. Par cette fenêtre à la fois illuminée et nocturne, fenêtre contradictoire qui scindait et complétait, leurs esprits à eux deux se forjetaient dans ils ne savaient quelle plénitude de l'Être déviée. Et le vieillard briguait de ses yeux horribles et tendres la femme qui ricanait muettement de son désir à cet homme et de sa crainte à *lui*. Et *il* demeurait dans une attitude doublement vacillante. Elle, elle évitait ses regards implorant une rassurance. Puis, le vieillard avait disparu, et *lui* restait sur un seuil, était-ce le seuil de cette même chambre ? mais elle n'avait d'issue que la fenêtre. Et de ce seuil, il la poursuivait de son regard, sans que son propre personnage vaincu pût bouger du seuil de pierre mortellement froid, il la suivait et poursuivait inutilement, elle s'en allant démesurément loin par un chemin bordé de peupliers sans feuilles. Et enfin, quand il s'éveilla, il avait dans les yeux un vert-de-mer glaceux.

Une autre nuit en rêve, il était dans une chambre enterrée entre ses murs hauts et sombres qu'on ne savait au juste s'ils suintaient. Il n'y avait là qu'une table carrée en bois de chêne paraissant hors d'usage. Tout auprès, *elle* se tenait implacable, résorbant sa vie ; nulle manifestation extérieure d'elle ne semblait plus possible. Et il dut se hisser vers la fenêtre assez élevée, un peu renfoncée, afin d'essayer de l'ouvrir et de voir, tant sa respiration et sa vue s'embarrassaient dans la lourde température de cette cellule ou mieux de ce caveau. Pourtant il ne parvenait à déclore cette fenêtre sans espagnolette, et ce qu'il apercevait au delà n'était qu'un sol au ton de laid brouillard, ce sol à niveau de la fenêtre replongeait souterrainement l'emplacement de la chambre où il s'éprouvait reclus. Ainsi, en face de lui si mal commodément, presque inconcevablement hissé jusqu'à cette trop haute fenêtre, s'imposaient encore, toujours des murs rectangulaires, orbes, autour de ce sol sèchement désert. Et il lui semblait moins s'exhausser que s'enfoncer entre une gradation emmurante, qu'empêchait d'être ennuyeusement monotone un presqu'inapparent manque de symétrie. Ses yeux d'ailleurs étaient comme recouverts d'une taie, ses yeux ou l'air blafard de la chambre entre l'accord louche de ces murs. Et les palpitations redoublées de son cœur scandaient sa luctueuse agonie, maintenant que rapproché insidieusement d'elle il ne bougeait plus, et tout près l'un de l'autre ils étaient comme ne se voyant pas.

Des rêves élyséens de jadis ne reviennent plus. Sa vie aujourd'hui, cependant, est plus continente, comme monacalement uniforme. C'étaient des prés halénés d'un pâle verdâtre se perdant loin, et au milieu, telles que des bosquets vivants, des femmes en deuil non sans un rien de coquetterie dans leur négligé. Elles passaient errabondes. Charmantes femmes laissant dans les yeux et le cœur mélancoliquement avides la traîne de leur fuite sans l'absence. A sa pensée se révélait leur secrète figure dans un rhythme alenti, gracieusement incorrect, vaporeuses fleurs presque déjà faiblissantes sur le grand pré inégal vert-pâle.

Une fin d'après-midi, il rencontrait dans une

avenue de leur même quartier de l'Étoile un homme de nature comme la sienne lointainement étrangère. On ne s'est pas revu depuis des années et on se parle avec l'aisance de personnes pour lesquelles n'existerait point la corporéité. C'est la même longue figure grêlée, basanée, la même voix flexueusement grave, cette spéciosité de prudence dans le regard d'une lucide taciturnité, enfin cette solennité évasive et sans pose. L'autre, d'habitude si distrait, ne l'était plus devant cet homme qui lui laissait une impression de l'avoir connu avant cette actuelle vie, sous quelque pylône de temple au bord du Nil, en des entretiens plutôt murmurés. Et tout à l'heure, sans se laisser leurs adresses l'un de l'autre, ils se quittaient, quelques paroles seulement échangées sur la fatigue de la longueur des jours.

Elle lui revient souvent sa mère, des derniers mois si malades, en des moments d'oubli d'elle-même, assise, les bras se recroisant, l'expression presque peureusement douloureuse, mais comme quelqu'un qui en définitive a pris son parti de son mal. Il l'a diligée à ces moments, comme une petite fille déjà âgée.

Une seconde fut épouvantable dans cette mort, quand, à cette heure matinale, lui aux pieds du lit tenant haut la bougie dans un affolement tremblant il vit, entre les mains de la sœur et de la femme de chambre soulevant la morte pour la revêtir, il vit la tête expirée rouler inerte. Aussitôt il s'était détourné, mais enfin il l'avait vu ce signe immédiat, cette preuve exorbitante qu'il n'y avait plus que la dépouille. Et il n'y a pas un instant, la tête contre lui, contre ses lèvres, elle avait fui sans plus un souffle. Ah! cette seconde d'affaissement lui reste affreux. Bientôt cependant elle reposait sur l'oreiller. Et de cette familiarité de prière, de larmes auprès d'elle, il se ressent imprégné d'une odeur amèrement défaillante. Peut-être en un sens il retrouve plus profondément sa mère, macérée dans son parfum de morte où sourdent des renaissances abstruses.

Sur l'immensité morbidement stagnante où tout à l'heure il sentait sombrer même les quelques rares ressouvenirs sans dégoût, il lui semblait entendre surgir cette pensée dernière, concrétée dans ce mot d'âme : déréliction — se traînant en une incertaine inaccordance de rite qui s'universalise, non noyée sur sa solitude. Et au ciel de clarté vague sans vapeurs, le signe maléfique se remontrait de sa furtive vie appauvrie.

Honfleur, novembre-janvier 89.

Le soir, les vieilles maisons prennent dans le bassin une apparence mal décidée, d'un gris brun, telle à peu près qu'un rideau qui peut remuer et que troueraient çà et là des luminosités rougeâtres, gazées ; et, dessus, les réverbères attenant aux maisons posent leurs lueurs d'un argent si commun qu'on le dirait monnayé, lueurs aux oscillations huileuses. Regarde-t-on après elles les reflets des maisons, ils se reculent encore et les fenêtres surtout ont un air dérobé.

Un soir, près des bateaux de pêche, un frisson grenu courait sur l'eau, et à des places lisses des échafaudages renversés parurent et des lignes inadhérentes ont passé en virant.

Chez le normand quand il vous parle, la main se façonne derrière l'oreille en un geste entortilleur.

Les noix, avec les fibrilles ébauchant des niellures sur leur sèche écorce ramifiée, semblent un emblème de l'infructueuse tentation.

La verveine a un velouté piquant en rapport étroit avec sa suavité qui excite même peut-être moins qu'elle n'écœure; elle ferait non pas tant tomber en pâmoison qu'en sortir.

A travers une vitre *il la* vit tout à coup, elle ou mieux ses yeux tout grands ouverts, d'une fixité comme de malin vouloir, et ces deux yeux le figèrent un moment dans l'éternité ou dans le vide où ils s'étaient impersonnalisés. Puis déjà elle-même rendait par un brusque et muet rire la vie à son visage. Et leurs regards maintenant se frisaient.

A la poste, comme on lui remettait à son nom une lettre de sa mère à elle, il ne reconnut pas aussitôt l'écriture, mais il y retrouvait à peu près, un peu moins finement peut-être, sa marque à *elle,* et sachant bien que ce n'était pas d'elle il restait un moment dans le trouble de cette ressemblance.

Un matin dans le ciel au-dessus des eaux amorties, c'étaient, sur une couche d'argent qui voulait pâlir sans douceur, des taches d'un gris laiteux d'une adorable nuance entre une ombre et une aube.

Une après-midi, dans le cimetière un peu exhaussé de Penne-de-Pie, une odeur de moisi se mêlait dans une fraîcheur inconstante au bruissement des feuillages. La rumeur continue de la mer était le fond invisible de la scène. *Ils* allaient entre le mur de l'église et les tombes, l'une d'elles sa dalle vieillie et cassée, comme ployante. Au mur de clôture s'élèvent et penchent des sureaux aux baies d'un violet noirci, entrelacés de la soie floche argentée des *viaules*. Sous les nuages morcelant ou même balayant des chimères informes, ils s'éprouvaient tranquillisés parmi les absents sous la terre imbibée des pluies d'automne.

Une autre après-midi, sur la route boueuse le trottinement d'un troupeau de moutons pressés et frôleurs laissait à peu de distance un petit bruit *glettant* et laineux. Et, dans un val, les branches cendrées d'un saule dans leur distinction dénudée sauf quelques hautes feuilles gris-vert d'argent attiraient plus encore que les verts-jaunes acidulés et piolés d'ormes ébranchés aux torsions amaigries, et même que les frêles élégances atteintes des cerisiers capucine et brun-rose.

Cet homme, les traits fins, la peau pas du tout hâlée, est là assis, près de l'étal de sa sœur sur la place du Marché, il reste ainsi, un coude aux genoux, le menton et sa barbe roussâtre dans la main, il est dans ses idées, auxquelles par intervalles il sourit en biglant. Son regard, vague innocemment, s'entendrait avec la bouche entr'ouverte. Si on s'arrête devant lui, qu'on l'observe, il se met à trembler, à rougir, à pleurer et s'en va. Pourtant avec *elle* il a voulu délicatement faire l'obligeant, s'empresser, mais ses gestes le desservaient, et il souffrait on aurait cru de sa gaucherie, de son parler estropié.

En rêve, *il* voyait à sa joue à elle un rose, dont il ne pouvait discerner le naturel ou l'artificiel. Son regard rapproché et fouilleur sentait ce rose rosir en une vivacité légère. Et ses yeux lui semblaient devenir des grattoirs prêts à vérifier l'invraisemblable teinte, cependant il n'arrivait pas à toucher cette fleur de peau rosée, finalement transformée en émail.

Les eaux du fleuve, durant cette matinée d'une atmosphère se dissolvant madéfiée dans l'âme, se laissaient vastement envahir par la mer. Sur l'estacade on oubliait les gravéolences des rues étroites et des vases, pour ne humer que l'odeur sans fadeur et sans salure, une odeur d'eau de partout. Contre les madriers c'était un clapotage entretenant le songe de ces étendues d'un verdâtre ou plutôt d'un grisâtre décolore, indéfiniment elles s'étalaient ondulantes à peine et continuant de mollir en une matité qui retenait des lueurs. Gris où glissent de livides semblances! Et dans l'horizon dépoli de l'air la fumée fuligineuse d'un bâtiment se débandait, son reflet venait rembrunir en vain les eaux berçantes, entre la côte là-bas s'estompant dans un bleuâtre marine.

C'est entre eux bien des fois dans leurs physiques souffrances comme une influence pénible, au fond peut-être plus reliante, qui veut que si l'un se sent libéré de son mal, l'autre alors éprouve un appesantissement. Chaîne pernicieuse et chère, que ni l'un ni l'autre n'accepterait de rejeter.

Au reflux, dans les mirantes vases pas mal brouillées de la grève, un groupe de maisons en terrasse figure un autre Honfleur qui subsisterait tel qu'une vision de réminiscence. Deux clochers s'allongent en aiguille. Quelquefois des fumées y traînent leur crêpe. — Cela surtout par les jours cendreux, par les temps *hibou* où les objets se déforment, se décomposent.

Un soir à l'heure du couchant, le long du chemin qui serpente au haut d'un val préféré, parsemé d'attraits clairs de topaze ou un peu ardents d'orange, un chêne surtout au tronc épais et tortu et habillé de lierre parut plus encore étendre, crisper ses branches. A l'autre hauteur, des arbres tendaient vers le ciel leurs diverses élévations, modestement elles confondaient leurs nuances comme s'endeuillant pour un angélus silencieux. La mer était trop loin, le vent seul s'était levé en de mourants murmures, une vache qu'on ne voyait pas a mugi comme à voix basse, et le soleil apparaissant subitement entre des nues fauve et mauve a enflammé le feuillage dérougi du chêne d'un feu éphémère et sacré et fait le lierre plus verdir, comme si le soleil et le chêne se mariaient toujours mais fugitivement selon d'antiques rites malgré l'homme oublieux.

Un matin d'hésitante froidure, le fleuve semblait vers l'autre bord couvert d'une pourrissante pulvérulence, au milieu il prenait des tons violacés brunâtrement, et ce furent des frissons laids et sourds, puis tout près des ondulations larges et basses figurèrent une peau se déployant plissée encore, à des places enfin l'eau tournait à un noir de neige qui fond. Et marchant *ils* ressentaient les airs réclinés des branches dont tombaient en papillonnant sur la route les pâles jaunes de leurs feuilles tiquetées, ils se charmaient de certaine note aubère sauvée ici là dans le dépouillement végétal, surtout une nue alcyonienne s'isolant presqu'au zénith au-dessus d'autres d'un mou indégrossi les requérait par delà l'accessible.

Les vents d'automne semblent l'âme essentiellement pénétrante de la nature, on les dirait se friper aux dernières feuilles, il ont des dissonances exquises conformes à d'éperdues, de mystiques mélancolies, et leur indéterminé se développe et s'enfonce dans une manière de nocturne.

Et aussi en automne certaines nues gris-bleuâtre d'où le jaune s'est évanoui, non transparentes ni closes, vous grisent de leurs si fines, de leurs perlides désespérances.

Et enfin certain ton orangé-pastel des feuillages concorde, en cette unique saison, à de précieuses et déjà presque brunes images du souvenir.

De nuit dans l'incomplète obscurité de leur chambre, le réverbère de la route de Trouville qui longe le petit parc de la villa pas encore éteint, la fenêtre aux rideaux de mousseline en face du lit avait une blancheur nivéenne, et derrière ou plutôt comme dans elle jouait indécisément une toute faible ombre à ramages — rhythme de la blancheur sommeillante voilé aériennement.

Une après-midi par un ciel aux tons rabattus, tandis qu'ils allaient sur les feuilles humifuses et tarées, son regard à elle, d'habitude d'une mutinerie un peu surète, avait des envies de se replier sous ses paupières. Mines si joliment tristes en un abandon, si enfantinement demandeuses d'impossible et d'ignoré, que le fugace sourire humidement distant de ces yeux lui réalisait à lui une minute l'initiale, l'exitiale légende.

Ce matin un peu venteux, de l'estacade les voiles des bateaux de pêche dans le port semblaient de non malpropres linges, mais si lasses qu'elles pendaient des vergues obliques en un désir de se reployer, inutile désir car le vent les renflait les annonçant prêtes à repartir déjà. Et l'odeur ambiante était poissonneuse; et les vols des mouettes, dont les demi-cercles s'ouvraient pour reprendre plus loin, s'entre-croisaient comme se suivaient, se mêlaient leurs cris d'une plaintive acuité. Dans les eaux un moment déridées des reflets d'elles s'allongeaient démesurément. Et leurs ventres duveteux et albes se venaient mouiller une seconde, puis leurs ailes dont le fauve s'est grisé et noirci entre les dos de perle pâle recommençaient à ramer, gyrer, à planer, heureuses sans doute de l'agitation des airs.

Un rêve d'elle. Dans un cirque vide une lumière terne, un monsieur en habit noir, cravaté et ganté de blanc, aux manières brèves, le visage masqué d'un treillis de tulle noire, il lui parlait à *lui*, avec une amabilité forcée, de gens qu'ils avaient entrevus et dont il paraissait n'ignorer aucun dessous. Comment dans cette arène se trouvait-elle étendue sur le sable presque nue ? le monsieur ne semblait point la voir et *lui* la regardait comme un objet quelconque. Elle entendait près de sa tête un claquement de mâchoire et tout de suite elle vit un crocodile monstre cligner ses yeux, ouvrir sa grande gueule blanchâtre aux dents jaunes et baveuses, tout près, tout près de son épaule. Puis, comme par un coup de baguette, un autre trapu et gros homme perdu dans sa barbe avec de petits yeux ronds gris comme ceux des corbeaux laissa tomber d'une canne sur elle une vipère cornue, cet homme faisait exécuter à cette canne toutes sortes de cercles, de sauts que la vipère imitait rebondissante, sifflante sur son corps glacé de terreur; elle n'osait respirer ni crier, et des deux hommes et des deux monstres elle se demandait lequel allait enfin lui donner la mort.

Dans un autre rêve, elle était sur un parapet très élevé où s'accoudaient des ouvriers, la chaussée boueuse, personne ne passait, on entendait au loin un piétinement régulier mais qui n'avançait pas. Elle entendit une vieille femme toute gaie s'adresser à une autre pauvresse comme paralytique, dont le côté gauche de la figure était tout ratatiné, l'œil crevé ne clignait pas, sa robe de cotonnade déteinte était trempée, autour d'elle l'eau s'égouttait, elle ne faisait attention à rien et personne ne riait d'elle. La vieille lui tira le bras en lui montrant la lune « hé! mam'zelle Rosalie, vous qui aimez les belles choses, regardez donc là-haut, » l'infirme redressa la tête comme un enfant qui commence à parler « c'est beau, beau, irai là moi, » c'était la lune, quoique dans son plein toute petite et brillante, qui s'enfonçait dans un ciel bas comme les jours de mauvais temps, pourtant il était bleu. Puis, elle se trouva dans un grand enclos seule avec l'infirme, des taureaux et des sangliers furieux venaient sur elles, et toujours sans parler et comme sans la voir celle-ci se mit devant elle, et les bêtes s'en retournèrent la tête basse. Puis elle descendait une rampe raide, l'infirme se colla à elle, cette tête froide contre sa joue, elle la sentait lourde, et les jambes traînaient sur les marches; arrivée au bas cette *pauvre* se détacha d'elle, prit à une auge dans le creux de sa main un peu d'eau limoneuse qu'elle but, elle la regardait contente, chantonnant « bientôt, bientôt » et, comme si la terre se fût ouverte, elle disparut.

Dans une discussion avec quelqu'un ce fut, dans son regard à *elle*, un dédoublement d'une instantanéité glissante. En son œil se détournant à peine de l'interlocuteur, la pupille dardée une seconde sur *lui* eut un tournement dilaté, comme si sa pensée soustraite venait de transparaître toute fine et fusante au centre de la prunelle.

Une nuit de fièvre, *il* avait en rêve la sensation angoissée d'être sous un tunnel interminable dans un train, sous une montagne dans le Tyrol où il n'est pas retourné depuis dix ans. En cette lueur soporeusement confuse du wagon elle et lui éprouvèrent comme une agonie quand, le train tout à coup s'arrêtant, des sifflets d'alarme, de lancinants sifflets éclatèrent en une sorte de sourd et sombre grondement du silence. Et les sifflets s'interrompaient et le train se remettait en marche, il reculait sinistrement, la nuit hors du wagon était d'un noir d'enfer, et ils duraient ainsi tous deux en un suspens se retenant de haleter devant l'imminent malheur.

Une autre fois il se trouvait en rêve au bord d'un grand fleuve, les jambes étendues sur une longue pierre granulée mouillée et résistante, le dos contre une pierre pareille, en un coin de retraite et auprès d'hétérogènes femmes aux visages marqués d'ulcères séchés, et dans cette déplaisante société il s'isolait, son être se rattachait à l'eau d'un gris jaunâtre ample et profonde. Son immobilité le faisait jouir doublement de cette fluence là tout près, à ras de lui. Il se sentait, sans que pourtant sa cervelle s'humidifiât, le bas seulement de son corps se trempant, devenir comme la conscience fière, presque heureuse de cette eau indéterminément abondante, sans rapidité et sans lenteur, auguste dans son sans-bruit et qui ne retardait pas. Puis, son apparente fixité s'est refondue dans le fleuve immense.

Ce matin c'était dans la décadente nature un air sade et embrumé à peine, sous les nues dont l'opale s'éveille ou se rendort.

Un autre matin, une nébulosité vilainement grise restant encore à l'horizon du ciel plongeant dans la mer, le disque apparu à l'autre horizon allumait sur la côte des fûts de pins, des bouts de feuillages ; et des bouleaux se déjetant en des grâces de bal fatiguées ne semblaient pas arrêtés encore, on voyait leurs pâleurs se revivifier débiles. Des souffles portaient leur froid avec aisance, et *il* se surprenait stationnant tel un peu qu'un hermès qui s'évertuerait à recueillir les tacites linéaments éparpillés. Puis, sous le soleil montant, une nue mamelonnée se suspendait, non trop haute, floconneuse aux bords ou se laciniant en des baies, des estuaires d'une assoupie limpidité. L'après-midi, de petites nues d'une blancheur faiblie s'espaçaient en andains, et vers la mer un azur laqueux et des blancs d'un roux grisé s'effaçant simulaient des lampas effilés.

De l'estacade un matin à pleine mer, sous de rares nues se lignant en *gavelin* sans guère d'annelures, les ondulations des eaux se creusant et se bosselant s'aplanissaient presque par moments et elles se tricotaient sous des brises toutes légères. Puis c'étaient, dans le reprenant remuement des ondes, des verts-bruns troubles et fondus se patinant dans les ombres, ils noyaient de passants jours d'un jaune verdâtre, et ces peu grosses houles avaient une similitude de mouvantes urnes porteuses de crépuscules de cave. Et on aurait cru que grinçaient tout près de tournantes poulies... les cris des mouettes aux vols en virants entrelacs.

Cette après-midi, de l'estacade, les eaux basses, le flux ne commençant pas encore à revenir, c'étaient dans elles de réservés tournoîments se contrariant et se r'enveloppant de filants détours. Quelques nues passaient au loin fuyantes. Dans le haut du ciel, sur un fond blanc gouaché courait en un bombement inégal un lacis de nervures plus flexiblement flexueuses et déjà se déliant en leur chatoyance incertaine.

Dans leur chambre ils avaient épinglé une photographie de pontife disant la messe, de l'ancienne école portugaise. Dans une chapelle demi souterraine mal éclairée de deux fenêtres quadrillées en losanges, la scène s'accomplit virginalement austère, claustrale. Un seul assistant, face adipeuse de moine; deux servants, moines aussi, tenant chacun un cierge, l'un occupé de la sonnette, l'autre relevant la chasuble en un air bonassement croyant. Au-dessus de la nappe immaculée de l'autel le moine-pontife à genoux tient précieusement entre ses doigts maigres et longs l'hostie, ses yeux la fixent d'un tel regard adorant que derrière elle, le calice entre, semble s'évoquer le Christ en linceul, assis sur son tombeau ouvert contre sa croix où s'appuie encore l'échelle du supplice, non plus un Christ en bois, mais l'apparition de l'incommutable foi de l'officiant. Et de cette figure de pontife sèchement mince la laideur s'élimine, comme s'évanouit le cérémonial, devant la consommation solennellement simple du sacrifice. L'agenouillement même du pontife est une élévation.

Vers midi, dans le ciel aux nues non encore pluvieuses, à l'opposé de la cernante ligne bistrée de la mer à l'horizon, des flaves dérosés, des verts où s'était transfondu leur or, des gris si peu violâtres qui mollement, timidement se délabraient, ces nuances insensiblement se nuant encore semblaient des exhalations expirantes. Plus tard, au-dessus de la haute mer où l'air se tissait en une grisoyante liquescence, des bleus foncés où le violet venait de sombrer dirent de lamentables amours défuntes, et les eaux déverdissantes étaient abattues, elles se marbraient au rivage. Et, à gauche dans le ciel, on vit les violacements déjà éteints de quelques nues pommelées rosir. A la nuit, *ils* entendaient sur la route le chantonnement d'un paysan d'une monotonie un peu soucieuse. La lune avait paru, bénévole en son vieux vermeil entre des bleus apâlis candidement et des nuettes d'un gris d'ombre s'atténuant tendre.

En une journée aux eaux argentines, aux côtes s'éloignant effumées, de blanches nues menues à lignes transversales figuraient des *marionnettes* qu'on eût dit baller. D'autres aux sveltes arêtes s'affinaient spinescentes. D'autres enfin se fuselaient crochues, et sous elles dans un pâlissant azur des retombées de fusées duraient radieusement le temps d'un écho. De rouilleuses écorces détachées des chênes et frisées de lichen blêmi dégageaient une odeur d'algues, elle prolongeait sous la futaie l'idée de la grève. Et des feuilles de hêtres se parachevaient sans flétrissure en leurs roux jaunes et bruns d'un doux lustre. A *elle* l'impression de cette fin de jour fut toute pénible. Elle entrait à la chapelle de Grâce, pour tranquilliser des souvenirs affleurants, mais au fond de la chapelle l'autel était raide dans ses nappes trop empesées, la veilleuse à bout d'huile vacillait par saccades trop brusques, à droite dans un renfoncement les cierges d'un luminaire coulaient avec un petit bruit grésillant, les bancs de bois reluisaient secs et les vaisseaux-miniature étaient suspendus piteux, et tout au bas derrière la porte une toux manquant d'haleine pliait sur son bâton un vieux mendiant; avec sa figure verdie, sa maigreur, ses doigts crispés, il avait l'air d'un mal ressuscité. Le soir, la lune lui sembla à *lui* dans son extraordinaire halo se reculer d'elle-même, se diffondre, se cercler comme en sa propre ombre blanchâtre. Et, dans son rêve, des nues à l'impersonnelle beauté de Nature continuèrent de se semer dans un ciel de lune dont la présence se serait cachée; elles s'allongeaient se mignotant, s'accoisant en leur collabescence. Au réveil, il lui reste un charme poignant de ne retrouver plus une expression fluidement fluette, de transparence vague, expression songée, informulable qui les eût cueillies, ces nues, en leur intimité vagabonde.

En certaines nuits qu'on croirait devoir être troublées de l'opprimant malaise physique, des personnes, des choses reviennent au contraire en rêve avec l'effaçure des misères — malentendus et malencontres survenues, et ce qu'on aimait et croyait sans tache réapparaît mieux qu'en la primitivité des heures et des jours de jadis, ces toujours un peu inconscientes enfances et le pénible et faux âge mûr outrepassés par une plénitude purifiée. Et ainsi, l'habituel ton banal et les vaines présomptions relégués ou plutôt abolis, certaines figures ne signifient, en ces durées passagères et heureuses, que leur essence. Lucide interpénétration des âmes. Serait-ce une prévision, ces infréquents rêves, d'une vie en nous latente, vraiment nocturne, se dégageant délicieusement mais à peine avant l'apparente mort ?

Un marin *lui* a parlé des queues de vaches qu'on voit dans les nuages, des jours de vent. Et il songeait que le dieu Indra se retrouve encore au fond de la prunelle et de l'âme de qui sait regarder le ciel.

A ce minuit dans la chambre, sous la lune invue, tandis que les nuages passaient dans le ciel comme un troupeau débridé, et que par intervalles le vent soufflait entre des dégouttements de pluie, et qu'il se faisait des craquements comme de bris dans les boiseries, *ils* auraient eu je ne sais quelle horreur sacrée de parler, un mot eût intercepté la fluidité en eux des choses. Et les deux fenêtres à la blancheur de lin de leurs rideaux, blancheur rêvante se revoyant dans la glace de la cheminée plus qu'au fond de la chambre, semblaient de muets témoins et subir elles aussi l'influence astrale.

Sous un frôlant rayon de soleil d'après-midi, quelques feuilles de l'enguirlandant lierre autour de la glace de la petite salle ont miré, entre les oblongues scolopendres un peu tuyautées et les ginériums caressants et fiers, des triangles d'ombre hyaline dans l'hydrargyre un moment se poudrant.

Des parcelles de benjoin fumaient entre des braises, eux se pensaient anciennement loin.

Elle vient d'apprendre la mort de la Marie-Élie. Déjà enfant elle la connaissait toute blanche et tremblotante, elle tricotait vite et bien et la maman la chargeait de faire les bas de « ses brise-tout d'enfants. » Le dimanche en arrivant à l'église, elle jetait un coup d'œil au petit banc devant le baptistère pour dire un bonjour pas désintéressé à la Marie-Élie, car au sortir de la messe la bonne femme venait sous les cloches l'embrasser et lui donner les jolies *grillettes* qu'elle aimait tant. Toujours propre, parlant bas, douce et croyant tout, les enfants l'adoraient.

Là-bas dans la Comté, la nuit quand on est couché, songe-t-elle, et qu'il n'y a plus de bruit nulle part, le pas fatigué d'un cheval, un claquement de fouet répercuté, ou le soir au bord d'un lac parmi les joncs les sauts plongeants d'une grenouille, les hou-hou d'un grand duc, l'eau qui frémit bleuie de lune, ces choses réelles lui restent de son enfance comme des points, des coins qu'une bonne fée lui aurait en cachette montrés.

Dans une ruelle aux alentours du cimetière Sainte-Catherine, un matin, une troupe de gamines jouait, deux des plus grandes se disputaient. Chez l'une il y avait une belle glace sur la cheminée avec la couronne en fleurs d'oranger, oh! puis une belle commode qui brillait et puis tout plein de belles affaires. Oh! oui, dit l'autre frappant du poing dans la paume de l'autre main et dansotante, mais chez nous c'est bien plus gai on voit passer tous les enterrements...

Cette femme de quarante ans de prime abord ne plaît point. Sa peau se cendre on dirait et son œil est bleu quand elle parle, s'occupe de son commerce; mais, auprès de ses enfants perdue en caresses, ses yeux deviennent verdâtres et son visage s'éclaircit, son sourire est nacré.

Les yeux d'un garçon boulanger de quinze ans environ lui rappellent à *elle* les yeux d'une amie d'enfance, yeux gris-bleu indiscrets derrière le grillage des cils.

Sur la cheminée de leur petite salle est le portrait de Baudelaire. Dans des vases du lierre, du houx, du bois-gentil, devant mais un peu de côté un bouquet de violettes finissant son douillet parfum. Sur le haut de la tête du poète une ombre opaque comme d'un vampire, et une autre se prolongeant jusque sur une joue, froide et transparente comme ces taches de glace sur les lacs en hiver; au côté gauche du buste une ombre de lotus, et au-dessus comme une face grimaçante, gonflée et verruqueuse. L'image restait dédaigneuse et perçante. Dans le feu une bûche d'orme se consumait en pleurant.

Elle lui reparlait volontiers, lui d'ailleurs s'en préoccupant, de « la chambre des partis » dans la maison natale. Une grande chambre à la tapisserie de fleurs champêtres sur fond gris clair, une seule fenêtre mais grande donnant sur le jardin en terrasse, des rideaux de damas vert pareils à ceux du lit interceptaient un peu le jour; le lit vaste très ancien, un coquet poêle de faïence et sur la cheminée de marbre griotté une vieille pendule qui sonnait toujours à contre-temps, une vierge en biscuit et dans un cadre en velours violet le portrait du curé d'Ars à genoux, une table ronde, un prie-Dieu tapissé par une cousine morte, un voltaire avec une housse rose, tout dans cette chambre était d'une propreté tatilloneuse de vieille fille, et sauf la vieille et énorme armoire en chêne rien ne l'y eût trop intimidée, surtout depuis que sa tante avait installé un harmonium sous la glace en face du lit. Pourtant, jamais elle n'aurait voulu y passer une nuit seule. Elle ne sait si la cause en était au cabinet de toilette un peu obscur et encombré de couchettes de poupées, de vieux crucifix disloqués, de rouets, de têtes de carton déchirées, de toute une collection de petites pantoufles, puis d'un gros et beau coffre en cuir tout historié et toujours cadenassé; quand on ouvrait la porte de ce cabinet, une robe de surah blanc se balançait, depuis longtemps on devait la décrocher, la robe qui avait servi à la communion de sa mère; peureuse, curieuse, elle se laissait oublier sous une crinoline rayée rouge et noir dont elle comptait étonnée le grand nombre de cercles; ce qu'elle aimait le mieux là-dedans, c'était un écran jaune fané imagé en rouge et vert — les métamorphoses d'un coq en toutes sortes de bêtes pour échapper à un maître, mais derrière chaque animal un maître se montrait, à la fin il redevenait coq sur un arbre sans feuilles. Comme elle aimait à épeler cette légende en vieux français autour de l'écran!... Décidément c'est dans la chambre qu'elle avait peur, parce qu'elle savait que depuis longtemps, bien longtemps son arrière-grand-père puis son arrière-grand'mère puis encore sa grand'mère et un tout jeune oncle étaient morts là dans ce même lit. L'aînée de ses tantes avait choisi cette chambre et s'y trouvait comme en paradis, elle y vécut quelques années et y mourut; elle quitta — peut-être pas la vie — mais sa chambre avec regret, dans son agonie elle inventoriait ses chers meubles, elle s'y cramponnait furieuse presque en ses gestes. Enfin sa mère point poltronne changea la literie et reprit la chambre. Mais au bout d'un temps, après s'être au coucher bien assurée de la fermeture des portes, la bougie éteinte, vers les onze heures chaque soir la porte du cabinet et celle du palier se rouvraient sans bruit et une lumière comme de veilleuse rasait le parquet et disparaissait, sa mère finit par devenir insomnieuse, et une servante qu'elle fit venir ne vit rien la première nuit mais la seconde elle descendit grelottant de peur. Les uns rirent, les autre conseillèrent des messes, mais depuis personne ne veut plus de la chambre de la revenante.

Dans ce faux jour matinal, la blanche lune au costume d'argent plus fuie que voilée des nuages s'attardait nostalgiquement au-dessus de la mer d'un gris blême, le vent dans son amplitude recueillie et reliante semblait l'exhalation même de la nature, il la magnifiait. Et, au flanc de la côte, parmi les autres arbres se défeuillant et agités un seul à peine mouvait son dôme touffu, l'if taciturne qui l'attire *elle* et dont elle avait peur à cette heure.

Des matins au réveil après d'orageux rêves, la pensée reste éloignée, spacieuse, vide peut-être mais légère, un peu comme ces fonds de ciel délavés et presque unis.

Ce midi, après avoir couru alerte, naïve sur les galets dans l'âpreté du vent et de la mer, son châle brun sur la tête lui donnant un air de se clore — atavique expression à des moments revenante comme de carmélite espagnole à son visage émacié, moins fouetté qu'exsangue, elle rentrait entre des paroles lointaines et brèves, et songeait morose dans *leur* chambre devant les pétales blancs rouillés et soufre tombant des roses sur la cheminée. « Non, elle ne se plaisait pas, elle aimerait ne plus être... Elle ne croyait pas au néant, pourtant elle voudrait qu'il fût. Enfin elle arriverait bien à forcer son désir à se réaliser... Elle aurait beau faire le tour du monde, elle ne trouverait rien qui la satisfasse ou l'étonne. Elle voudrait s'en aller aux bords des routes, sans plus se soucier de rien... » Et ces superficielles contradictions de son langage vibraient dans une entente aiguë, irréductible.

Et elle souffrait et peut-être faisait-elle souffrir, mais une raideur se faufilait en elle et la faisait dure alors qu'en dedans elle pleurait. Sans orgueil, car l'orgueil n'avait que faire là, elle a éprouvé que ses désirs spontanés, son intérêt hors, ont été exaucés. Elle se prenait à avoir peur de ces coïncidences, était-elle un outil de la fatalité ?

Dans l'entrelacement des courants antérieurs et actuels que l'âme suit ou traverse inconsciente, les méprises deviennent l'ordinaire, et enfin elle passe la mort sans presque jamais s'être reconnue dans ses vraies origines, et les survivantes terrestres ne voudraient pas être désorientées de leur égarement par un fantôme, noir fanal.

Les roses de Noël dépravent l'églantine et le nymphéa. Charnues sans fragilité, elles rampent à terre entre leurs feuilles de papier peint, leur coupe manquerait de modestie. Et leur odeur pollénique et mousseuse est bien leur âme qui s'évapore.

Au petit jour quand diminuent les étoiles, les deux phares de la Hève se diamantent dans le ciel mauve au-dessus de la pâleur glauque des eaux.

Dans le labyrinthe de l'âme se sinuent, se tordent les larves pécheresses, et leur odeur vireuse, gâtée la revirerait.

Dans ce drame rentré qu'est la vie, l'horizon se cerne de figures familières et pourtant inconnues; l'on n'y retrouve, pas plus qu'en soi d'ailleurs, le fil magique de l'Unité.

Ce matin de désagréables nuages majeurs, l'extrême côte opposée se calcinant dans une poudre de jour rougeoyante, un jeune chat maigrelet *le* suivait fallacieusement sur l'estacade comme une âme en peine et cajoleuse. Erraitelle peut-être dans des limbes ? Et il songeait que, non moins que le visage niais, grimacier de l'homme, les animaux domestiques revêches ou quêteurs se reculent indéchiffrables dans la hiérarchie se développant des destinées.

Une après-dînée qu'ils remarquaient un bouc sur une porte, elle se souvint de la Roussette qui piétinait en bêlant, attachée court au prunier. Collin, lui, était retenu par son collier, malgré ses trépignements on ne lui donnait pas encore sa liberté, il le fallait bien échauffé, enfin il s'échappait et en deux ou trois sauts de côté il était près de la chèvre qui lui présentait les cornes; le bouc, après quelques saluts peu doux, tournaillait relevant le museau, sa barbiche très fébrile. La chèvre, calme à présent, ne laissait entendre que de petits bêlements chevrotés. Les vieilles femmes propriétaires des bêtes s'étaient retirées derrière la porte de l'étable.

Par un temps couvert se retenant mal de fraîchir, la marée presque haute, *il* écoutait sur la grève, par delà le bruit brisé des petites lames aux voilures ondulées et ombrées, le continu et onduleux murmure que recélait la mouvante mer. Et sa songerie s'enroulait, téméraire et timorée simultanément, aux doubles ondes, elle se confondait dans leur savoureuse amertume.

Cette nuit dans son rêve, marchant à l'aise dans un réseau de ramilles comme flottantes au-dessus du sol nébuleux et qui se filigranaient dans une sorte de transparence de givre, de cette nature ouvrée et morte s'envolaient en un effarouchement des légions d'oiseaux, et il avait plein les mains de ces oiseaux soudain péris.

Indisposée, elle était en rêve dans une enveloppe d'eau ayant la forme d'une corne d'abondance, et ainsi sans être mouillée elle tourbillonnait à ras d'un sol grisâtre, gelé, elle avait le vertige, elle s'allait évanouir dans cet isolement et cette ronde frénétique toujours allant plus rapide.

Languides blancheurs moelleuses ou cristallines de forme indéterminée comme l'espace, qui s'enfoncent déviantes dans la nuit de leur azur, elles symbolisent la pensée chaste et triste qui se perd dans la quintessence abconse.

Dansces bourgs, des êtres mal emmanchés, des faces plates, laminées, balafrées de crasse, aux équivoquantes cernures, des contenances fausses et obscures où couvent on ne sait quels avortements, et l'on se sent chêmer comme sous de contagieux et contaminants effluves. Pauvre chère rose-thé, ce matin trop déclose déjà, au cœur ambré en nuances moins vives que pâles, toi tu t'adombres et si discrètement touches de ton parfum, parfum en défaillance et qui va moisir.

Leur âme, à des moments, n'a plus la neutralité désespérante de l'émeraude jardineuse — lacs profonds, feuilles sombres; elle s'en va éplorée vers les horizons outremer où se noie *leur* rêve.

Les grandes routes, signes des civilisations, ennuient de leur rectitude, mais leur longueur indéfinie illimite la tristesse du voyageur. Les criardes diligences, les lents chariots grouillants et fermés, les piétons y passent en étrangers. Peut-être elles gardent un attrait en ce qu'elles ne sont pas pleinement rassurantes. De leurs deux côtés, les terres s'étendent en des proportions démesurées ou vagues. Et au soir, quand les ombres des arbres alignés barrent la route et s'y étirent, sa banalité se solennise dans le silence douteux, et les lanternes et les grelots des véhicules agrandis dans l'indistinct la sillonnent d'un cauchemar.

L'odeur vanillée qu'on respire l'été dans la poussière se soulevant des chemins laisse à celle-ci sa déplaisance et déprécie la vanille.

Dans l'isolement et l'ombre nullement opaline de cette nuit, en un demi-éveil, sous l'impulsion sans doute du vent aux enharmoniques discordances en ses sautes, ses fugues, ses retours, c'étaient en *lui* des ondes affluant scindées et disparaissant smorzando, ondes du souvenir, et son songe rembrumé s'imbibait s'affaissant en des glouzes comme il s'en forme dans le sable des grèves.

Ce matin, la mer un peu frissonnante et se moirant métalliquement sous des nuages plombés, et quelques cormorans éployant au-dessus de la rive leur vol momentané et anxieux, on voyait dans le ciel là-bas au septentrion entre de molles, superfines nues gris de lin une bande d'un or mat manquant, hélas! de la broderie des orfrois. Peu à peu elle allait blanchir et se tachetait d'aurore. Et les nues grises se dispersèrent moins jolies, plaquées ici là d'héraldiques fantaisies.

Un autre matin, sous un soleil nageant entre de voilantes nues d'un bleuâtre de lune, il entendait, entrant dans Honfleur, des sons traînants pleins de peut-être et qui donnaient des désirs du passé, de ces désirs réapparaissant tels je suppose que d'entamés nénufars sur leurs eaux stagnantes. Et le tournant de la rue ne fut pas, cette fois, une surprise ratée, il vit contre une fenêtre entr'ouverte le joueur d'accordéon, un tout jeune homme l'air pas du pays, le regard d'une longueur rentrante en son visage à l'éclat amorti plutôt que terni, les doigts fins et négligés, et une façon à l'écart.

Des figures, dans certains dessins de génie, prennent un sens mystérieusement indéfinissable, où il semble bien que la coutumière nature soit heureusement altérée par le rêve de l'artiste, mais dans une imperfection, une impuissance encore. Et ce sont, en ces esquisses imprévues d'âmes, de plus que léthargiques ou coupables, d'horréfiantes plus encore que d'angéliques entr'ouvertures, ce dernier domaine n'ayant pas les complexités de l'autre. Surtout le mélange, l'insuffisante combinaison des deux offre des séductions hésitées, imprécises. Alliages qui étonnent, qu'on ne s'explique guère, qui font que votre pensée se satisferait presque de chercher en des difficultés capricieuses plus loin que ce qu'elle perçoit. Ainsi, un dessin vu au pied du lit d'un thésophe, dessin d'une fausse sainte, pour ainsi dire hors d'âge et dont la figure, ambiguë tortueusement, se scellait spectrale de ses invétérés péchés. La nature, elle, est avare en ces sortes de rencontres inattendues. Une fois pourtant, *il* a rencontré dans les champs une vieille paysanne à peau terreuse et à pustules, subitement elle se révéla belle dans sa voix d'une douceur plus qu'humaine.

Ce matin, à marée refluente, à l'estacade, un peu au-dessus des eaux et beaucoup sous le ciel — eaux et ciel adoucis, allégés en leur impénétrable, on n'entendait dans cette vue sans bornes que les eaux inutilement fuyantes susurrer d'une voix peut-être plus mollette que soyeuse.

Aux crépuscules, dans les déclivités de l'extrême ciel, on songe, devant des jaunes crémeux se glaçant d'une viridité citrine, aux seules mémorables joies, si rapidement fondantes que déjà elles s'acidulent d'un regret.

Cette fin d'après-midi, sur la côte, en un insensible embrumement de l'horizon où perdurait une délicate fonte des nues et du végétal, des lueurs ensanglantèrent l'en dedans de cimes de pins d'un sombre attendri, et d'adorables gris lilas semblaient craindre de confier d'inviolées amours.

A chercher son fond primesautier à *elle*, elle

lui rappelle assez bien cette jolie chèvre blanche, par eux visitée en sa coquette étable dans les Pyrénées et qui, les suivant dehors un moment, mêlait à ses grâces des apparences de corner; et se dressant sur les pattes de derrière, celles de devant un rien repliées, la tête malicieusement penchant de côté, elle s'immobilisait facticement. Elle non plus ne se fixe pas, même quand elle en a l'air. Ses boutades en somme sont de moins de conséquence que ne serait pénible, peut-être même dangereuse son absence. Elle est, bien sûr, quelque follette, qu'on dirait qui s'entoure elle et ceux qu'il lui plaît de sorts.

Dans cette échoppe aux vitres pas sales et s'agrémentant troubles, habitent trois êtres, un savetier et ses deux chats. Une vieille angora blanc-fauve, édentée, à la langue un peu sortante et lécheuse, et dont les yeux ont une gentillesse presque jeunette; un chat son fils, à rayures délustrées, aux yeux de liquidité smaragdine; un homme où se concentre dans l'orbe du regard un ridelis de sourire se friselant. Et c'est entre eux trois, dans leurs coups d'œil et leurs postures de placides veilleurs, une affinité qui à la fois s'ignore et se devine.

Dans la grande Histoire, rien d'équivoque et d'atroce comme la légende d'Oreste. A lui incombe de venger son père sur l'être sacré entre tous, sur sa mère. Loin de laver le premier crime, il se souille d'un second et qui est le crime extrême. La chaîne du crime familial se renoue et se cachette dans son infamie à lui. Il est le plus à plaindre, mais sans excuse. Et enfin n'est-il pas le consécrateur de la discorde? ou bien, le père vengé dans la mort de la mère, réédifie-t-il, s'immolant lui-même, le foyer dans le souvenir? Fatalité dernière, pour le moins, et inexpiable.

De l'estacade un matin à pleine mer, dans la tourmenteuse atmosphère se délayant, presque s'embruinant, un arc-en-ciel se prolongeait quelques instants dans les eaux verdâtres et lisses et somnolentes. Dans la tenture du ciel d'un violâtre étouffé se fit une ouverture en croix d'un bleu vitrifié, un des bras s'est contourné ondé. Les mouettes, comme très loin, rasaient les eaux de leur vol gris s'argentant en blancheur. Et d'un vaisseau là-bas se déroulait horizontal un étroit, long floconnement fumeux. A l'opposé, un autre vaisseau lentement glissant sur le fleuve approchait en un lustre noir, comme porté sur trois mouvants pilotis. A une petite langue de terre non trop distante, une maison continuait de se silhouetter noirâtre. Dans les bassins, c'étaient de tremblantes hachures mordorées. Tout dans le fond vers les terres, les collines se reculaient arrondies en de prodigieux, presque invisibles cirques. Au-dessus de Honfleur, les coteaux s'étaient crêtés d'arborisations brunâtres sur le fumage du ciel.

A l'heure du couchant, dans des alternances de silence ou de variations des brises, sous des nuages ordinaires et sans figures mais passant dans une unité de fuite, des pins sur la hauteur, au delà d'un pré désert, ces pins non trop serrés laissaient bouger très peu de leurs branches sur le soleil s'entre-cachant mal dans elles.

Une main d'amputé enterrée dans un champ aux environs de Nancy planté ensuite de pommes de terre, cette forme de main se retrouva dans les tubercules de l'une d'elles. Et cette fois la solanée commune a rappelé, singulièrement au delà du datura léthifère, le pouvoir de nécromant de la terrifiante mandragore. La pourriture se serait-elle suppléée dans une contrefaçon d'elle-même, dans son stigmate superflu?

Une jeune fille l'air modestement détaché, qu'*il* rencontre quelques fois dans une rue haute en allant de bonne heure à l'estacade, ouvrière sans doute — elle n'a rien d'une domestique, garde un attirement comme de tangence. Nu-tête, ses cheveux châtains nattés derrière et tenus sans tomber, épinglés à la mode anglaise, elle passe près de lui sans le voir il croit, le regard pourtant se baissant un peu, s'envaguant, envoilant en quelque sorte la physionomie lymphée qui se roserait, et la marche presque plus rapide. Il *lui* semble qu'elle a dû sentir qu'elle n'est plus étrangère à la rêverie de ce passant matinal.

Ce soir avant le coucher du soleil, des fûts de jeunes hêtres semblaient encore plus sveltes, les feuilles mortes des chênes jouaient un embrasement passé, dans l'âme c'étaient des résurrections qui aussitôt allaient s'évanouir. La mémoire est une fantasmagorie, et on ne l'aime que parce qu'elle n'est plus.

Fascinant vertige intellectuel, quand, franchissant la région des sensations même ultra-raffinées, on se meurtrit à surprendre par delà les impondérables le substrat de l'être. L'âme voudrait, bien plus loin que les ancestrales récurrences si regrettées cependant dans la presque impossibilité de leurs retrouvailles, se fixer sans plus d'oscillations au point de mire de l'Essence, dont l'attrait justement est qu'elle demeure invisible et reculée. Mais des fois, dans le silence de notre solitude, il semble que passent des souffles inconnus, traînes de l'arome primordial.

Par l'incessante pluie menue, aujourd'hui, la blancheur violacée du ciel se détendait, s'inclinait sur l'ondulement minime des eaux gris-vert, et cette nudité détrempée des étendues avait un grandiose d'un douteux déplaisir. A jour faillant, la pluie ayant discontinué, c'était, de l'estacade, dans le glacis ardoise des vases à basse mer, des prolongements lumineux, des gris vermeils, des gris d'un or hésité, des gris d'argent à la pâleur pure, mais un gris d'une suave naïveté était l'âme de ces nuances, et c'était pour *lui* comme la trace perdue, un moment revivifiée, de la grande religion aryenne primitive où l'union infinie se reconnaissait aux lueurs crépusculeuses, dans le fondu sans limites mais non plus ou non encore indistinct de la nature. Et, repassant par la place du Marché, il voyait l'innocent aider sa sœur à rentrer leur étal, l'aider en des gestes d'une rapidité légère, la bouche gentiment entr'ouverte et les yeux levés, comme idéalement chercheurs, il l'admirait l'enivré à jamais de sa rêveuse innocence.

Ce matin, le soleil brillant obliquement à ras presque d'un coteau et sous d'encombrants nuages, quelques-uns à l'ouest moins flottants que suspendus en leur faux jaune précisément ni pourpré ni argileux, le ciel tout dans le fond laissait sa cristallinité se volatiliser *grisonneuse,* et c'était au-dessus des eaux un jour d'une sulfureuse poudroyance, l'ocre jaune du fleuve s'allongeant entre le gris terne du flux et des vases; et des sons de cloche tintèrent ces instants étranges. Près déjà de l'estacade deux barques, leurs voiles au vent, les pêcheurs à l'écoute, rentraient louvoyant devant les remous couverts sous le flot, et elles avaient un balancement reposé, et les gluants reflets des voiles pendaient sous elles, se mouvaient changeant du blanc jaunâtre au morne. Le phare couchait sur les eaux grises la déchiqueture de son ombre vitrée. Et les barques, le haut de leur mât cerclé des spires des mouettes, ne finissaient pas de louvoyer dans ces eaux aux tournoîments comme artificieusement charmeurs et lentement, presque muettement croissantes.

A des couchers de soleil ennués, des blonds où meurent les jaunes-roses, des gris satinants, des verts d'eau font songer à des étoffes brochées luxueusement vieillies, à des langes de la reine des nuits, à des roseaux endormis dans des rivières.

Un matin à l'estacade, il écoutait moins la parole un peu suçotée du vieux maître-haleur disant les beautés de Valparaiso, les fièvres de Rio-de-Janeire, les brouillards des côtes d'Écosse, et revenu se fixer dans son Honfleur avec une préférence, il l'écoutait moins encore qu'il ne regardait ses prunelles marines comme tremblantes, où par intervalles se venait mirer la lumière. Puis, dans la journée, un petit étang dans un val semblait une lacune limpide, une lisse effaçure. Et, le soleil baissant, l'atmosphère s'est veloutée, les branches d'un grand hêtre s'ébènaient sur l'argent bruni du ciel, où enfin se déployèrent des bandes carmin, jaune-serin, plus séduisantes que même des jupes de malagaises et de bohémiennes.

Certaines peintures du Louvre lui reviennent avec insistance. Il voit aux saintes femmes au Calvaire, dans la ligne rigidement creusée du nez et des sourcils, leur douleur crucifiée, et elle s'agrandit de la magnificence roux brun, gris cendré, bleu comme pâli de larmes, de leurs manteaux unis. La sécheresse de Mantégna cette fois a disparu, l'âme même s'est marquée dans ces visages torturés. Et le marais des vices aux éclatantes répugnances plus dessinées que peintes : lourdeurs obèses et bandagées de l'ignorance, plissures tiraillées de l'avarice, grimacement aigre de l'ingratitude, ces formes dévoilées entrent, pataugent, comme poussées par le démon de la malice, dans le marais aux dormantes fleurs, le mauvais lieu prédestiné. Mais les sourires fuselés, un peu obliques des saintes Anne et Marie presque confondues en leur âge, telles que deux célestes sœurs, dans le tableau du Vinci où s'enchaînant elles se penchent les bras tendus vers l'Enfant, ces sourires attirent et se gardent suprasensibles. Et le fond du Philippe IV de Vélasquez, ce paysage aux montagneux vallonnements d'un roux brûlé qui se grise et comme en une fuite revenante de *leurs* souvenirs des brandes basques. Et des filandières vues un jour à Madrid, l'atelier s'aérant d'une poudre de jour blutée et trémolante en une candeur. Le charme qu'il ne saurait rompre vient de l'une des botticelliennes des fresques Lemmi, de son ovale ingénu aux yeux gris-jaune d'une lumineuse et suave mélancolie qu'encadre la rousseur morbide de la chevelure.

L'apparence la plus concordante à *son* âme serait une dentelle d'ombre à boucles et à ondes, éoliennement mouvante.

Par cette humide après-midi faisant villeuse l'autre côte, ils virent au bord d'une mare une vache plus blanche que noire qui ne buvait plus. L'eau à un coin était d'un vert plus uniformément intense que l'herbe du pré autour, et entre les solides reflets des jambes de la bête celui de la queue noire fourchue pendillait. A leur vue la vache avait relevé la tête et paru dérangée et curieuse, tout de même, à leur appel, elle ne bougeait pas, puis elle s'en est allée mais non sans un regard encore vers eux, enfin ils la laissèrent se *frognant* l'encolure à un des bouleaux languissants. Et ils redescendaient vers la mer onctueuse.

De ces rêves où filtrent de chers souvenirs mais qui ne vous retrouvent plus au point. Ce passé se remêle un peu subreptice au présent. Et au réveil, le tout se renfonce plus mystérieux.

Quand dehors *ils* rencontrent de ces personnes arrogantes ou seulement satisfaites et qui ne paraissent pas se douter que leurs pas claquent dans la boue, *leur* regard derrière elles prend la mesure de leur cercueil.

Par un jour interrompu de brumes et de rayons, ils montaient une sente de la côte, s'attardant devant des ramures non détendues ni étriquées de grands chênes sans plus presque de feuilles. Sur un fond de val vert-jaune et brun-violacé quelques branches développaient leurs ondulements tortiles, elles s'envrillaient de lierre, deux rameaux retombants entre le vide armillé de la même branche donnaient une idée de feintise de griffes, de crochets, d'agrafes. Et ils subissaient l'étreinte impuissante de ces ramures. Puis, à l'orée, une odeur est venue des brindilles qu'on brûlait, elle s'alliait avec le feuille-morte des taillis et la fumée bleuâtre ne s'élevant pas dans l'air humecté.

Dans Honfleur, quand sont allumés les quelques réverbères des rues se tortuant plus dans l'obscur, de maigres reflets courent aux murs des vieilles maisons en surplomb et à colombage, et les gens dans les boutiques prennent à la lueur des chandelles à travers les vitres maculées des airs reposés et usés, ils semblent dans un rêve jaune.

L'absolu est le nécessaire, l'intime resplendissance ; le reste est tout le possible réalisé, les apparences infinies, les variations des éthers.

Cette nuit, dans la corrosion de *sa* fièvre à lui, la lune traînait de biais dans la chambre des lueurs pâles et brisées, comme craintives.

Avec ces moutons rencontrés au long des haies, repasse une ancienne poésie. Le berger dans sa limousine garde une allure de nargueuse indépendance, les chiens le poil hérissé et rare, les yeux de braise et saigneux, les crocs d'une blancheur défiante, vont et viennent nerveux de la tête à la queue du troupeau moutonnant, bêlant en des stationnements, discipliné.

Sur la côte, les bouleaux, à la frêle écorce qui se recoquille, ont avec leurs blancheurs de soie ici là verdies, leurs ors roux, un charme maladif qu'on plaindrait presque mais dont on ne voudrait les voir guérir. Sous l'avivante lumière des matins et des soirs, ils semblent s'incliner, décliner encore en de graciles grâces qui si peu frissonnent.

Une plante subtilement odorante se penchant

sur une eau où elle ne se mire que par intervalles et sans qu'on sache au juste si elle n'y voit pas les reflets du ciel et ne s'y devine elle-même, surtout enfin s'exaltant introublée dans le rayonnement ambigu, nubileux des nuits.

Cette nuit en rêve, dans une pièce — sorte de soupente en contrebas aux quelques marches très hautes — un homme jamais vu, âgé, de petite taille, robuste, vivace et tortillé, à la figure refaçonnée de vilenies, s'imposait à *lui;* sans *le* toucher il le parcourait, le circonscrivait de ses regards, qu'en vain *il* s'efforçait de fixer au sien et qu'il ne pouvait rattraper que de côté. Depuis le réveil, il ne sait quelle trace lui en est restée comme visqueuse et venimeuse dans l'âme.

Cette autre nuit en rêve, dans un distant voyage, sa vue était arrêtée par une haute muraille qu'il sentait qu'on ne pourrait franchir. Et c'était un attirement déréglé vers cette limite dernière. Elle barrait l'horizon en une massivité grandiose. Mais bientôt elle s'est scindée, laissant au delà l'espace s'approfondir, se dissoudre. Et une corde pendait très haut presque à l'angle de l'énorme cube de mur, et il fallait qu'on se suspende à cette corde d'un menaçant serpentement, on resterait en route dans cette descente au long de la paroi d'un noirâtre dissimulé, et *sa* tête aux voyants yeux s'allait ajouter au chapelet de têtes et de corps pendants.

Par un dimanche d'humidité presque glaciale, la mer se distançant mais non sans garder encore une fine teinte étiolée d'aigue-marine à l'horizon sous un ciel fauve qui prédirait les neiges, *ils* rencontrèrent près de la chapelle de Grâce une indigente, sa boîte à musique dans une main, et, quand elle leur tendait l'autre à peine, ils restaient surpris, touchés de ce regard dans ce visage dont s'en était allé le soleil mais où permanait une blancheur passée, mince peau hâve sans étriquement, sans presque de plissure, et le regard tiraillé et aimant, d'un bleu grisâtre exprimait un déchirement inexpliqué, il leur a paru revenir de loin.

De tout derniers matins d'automne, quand apparaît entre les squammeuses irisations des nues l'équivoque clarté ardente et froide du soleil, dans l'indécision éparse des brumes, ou plus encore dans la sombreur des nuits, les voiles des bateaux de pêche accentuent leur signifiance d'ailes. Le matin, elles se groupent disposes, elles floqueraient en une eurythmie avec le clapotage des eaux, elles se replient et se tendent. La nuit, les réverbères se prolongeant en échos de lueurs dans les bassins aux mouvements de soupirs, les voiles quoique rassemblées s'isolent, leurs ombres sous elles plongent en une vigie clandestine.

Cette nuit, éveillé il l'entendit tout à coup elle endormie se plaindre avec larmes, son âme semblait s'échapper telle qu'une source timidement sanglotante. Il l'appelait et ce visage inondé il le caressait en de ces insexuels effleurements qui conviennent à l'absorption comme étrangère des rêves. Et il s'affectait de ce serrement de souffrance d'elle, pourtant cette exhalation d'elle-même lui était chère, mais elle ne paraissait pas le sentir lui, il la réveilla ne pouvant subir plus longtemps cette méprise.

Une après-midi, sur le bleu azuré, de larges et distantes marches moelleuses s'étageaient sans rampe dans la vaguesse vierge des nues.

Dans une molle haleine matinale, à la fuite déjà du petit jour, sur le sol sous les arbres des ombres encore durantes en une diaphanéité telles qu'un imperceptible adieu des caprices de la nuit, la lune rognée un peu à un côté avait quelques instants un éclat fragile parmi le bleu sévère. Et, dans le port, par les écluses ouvertes se précipitaient des eaux qu'on se figurait torrentielles. Mais déjà le soleil levant faisait arder au ciel les cendres blondes, et la rêverie se réfugiait en hâte en de faibles gris duveteux, en des glacis verts d'une vacillante nuance.

Sans s'être vus et en un désintérêt de la toujours étrécissante passion mais non sans qu'il s'y mêle un grain de presque inquiète curiosité, s'être attirés et communiquer par l'imaginative apparaît le mode d'affection le plus rare. On se garde la physionomie de la pensée de l'inconnue. Et n'est-ce pas moins une abnégation qu'une joie mystiquement hautaine de se reclure en une région divinatrice!

L'herbe de la falaise jaunit, et par les sentiers dans les feuilles pourrissantes *elle* va glissant. La mer grise est haute, de longues ombres sur elle se meuvent. Trois barques, les voiles tendues, sillonnent et tanguent; l'autre rive ensoleillée semble heureuse. Au ciel bleu doux et léger, des nues sont comme ratissées, une plus intense change et rechange de forme, une mouette comme un point argenté disparaît et reparaît entre deux vagues, sur la grève la lame roule, prend et repousse le galet. A l'ombre humide, *elle* se tapit endolorie.

Jour de Noël. *Il* a écouté le vent et la mer, l'un d'une ampleur fuyante, l'autre lourde, il a regardé les lacis nus des branches, marché dans la boue des chemins, et c'était un jour décevant avec la tendreté de ses souffles. Mais il a eu beau chercher dans la nature, il n'a rien trouvé que d'usé, et son âme restait comprimée. Comme une continuation d'une vision de la nuit moitié à l'état de veille et de rêve, vision de grèves tour à tour abandonnées ou recouvertes, en un arrêt ou une palpitation des eaux, sous l'oblique pureté des étoiles.

Dans son rêve de cette nuit qu'il retrouve à peine et dont il cherche le sens, différents passés s'emmêlaient en un même être qui pourtant n'était pas hybride, cette union de ces contrastes ne le surprenait pas de sa nouveauté. Et sous cette voix miellée et ces yeux pers, aux attirances sans rapport, enchanteresses ou redoutées, permanait une fluidité d'âme insaisissable et présente en des caresses enamourées et fictives, et il éprouvait une joie inquiétée de ces bontés et de ces perversions se rejoignant dans une forme heureusement discordante. Et enfin son perplexe amour s'est fondu en une presque impersonnelle curiosité devant ce problème vivant à l'apparence sculpturale et laiteuse.

Les satisfactions, les possessions, ce qui se termine laisse une lassitude. *Il* ne conçoit de félicité que dans le prolongement du désir.

L'union sexuelle désappointe, elle accentue le seul à seul. Ces corps rapprochés dans l'impénétrable des âmes semblent un simulacre nauséabond et ridicule de l'amour.

Une leçon de toutes les humilités, c'est le lit. Il signifie de façon conjecturale la naissance, les noces, les maladies et la mort. Dans une chambre, un lit vide est toujours un peu un meuble de suspecte consolation.

Par ce jour de pluie tiède, le chat noir de la villa s'est venu poser sur ses genoux, ensemble ils regardent la flamme, quand il bâille sa langue rose se recoquille plus âpre, et ses doigts à *lui* et ses yeux s'enfoncent dans le veloutement de cette fourrure. La bête s'est enroulée dans son sommeil, une patte s'étire, reste ainsi les griffes presque hors et semble d'une chimère. Les oreilles dressées et par intervalles comme signantes dans le silence, la moustache affilée, le sphinx d'ombre moirée devient la nuit diurne de son songe à *lui*.

Le jonquille qui s'élance en un déclin et la turquoise pâlie à la tendresse découragée ont une parenté élégante et plaintive.

Ce dernier soir de l'an, à la chancelante lueur du feu dans la chambre sans bougie, malade *il* rêve, dans la blancheur léthargique des linges, aux jets d'eau qui s'égouttent sous la courbure renflée de leur cime vive d'un cristal d'argent et devant lesquels passe altéré le promeneur les soirs d'été.

Ce jour de l'an nouveau, il est si déconsolé qu'il envie les morts. Ce temps haireux lui va à l'âme. Les phantasmes reculent si loin qu'on ne s'en doute plus. Il a entendu le branle des cloches sans allégresse et sans deuil, pendant le repas un coq a chanté prétentieusement pour prêter sans doute au jardin une illusion de basse-cour et faire oublier jusqu'à la proximité des grandes eaux amollies et moins sûres sous la brume. L'on garde un effroi de ce recommencement spécieux et un rancœur à la contestable supercherie qui, sans avance, nous dépouillerait du passé.

Ce matin de janvier, cernant les stérilités gercées de la terre les eaux ballottent toujours sous leur regard de sirène, une très légère couche de froid glace et rafraîchit leur teint grisé, tout près un clapotis dit de vagues choses, elles sourient et tremblent hésitantes. Des vaisseaux se montrent perdus au loin, leurs voiles emboucanées dans un brouillard, deux semblent haussés et grandis et limitrophes des horizons fantastiquement cachés.

Un pauvre de la chapelle de Grâce dans les quarante ans on le rencontre de bonne heure qui lentement, un bâton à la main, dans l'autre une boîte de bois blanc, monte la côte en une distinction d'humble gravité, son corps long et fluet un peu roidi dans son paletot brun trop large, le visage tabidement fusible et grêlé, la fine barbe brune comme tissée et s'auréolant, toute la tenue on dirait aplatie de s'être adossé sans doute au porche de la chapelle. Surtout son regard terne et bon, ses grands doigts maigres négligents, sa voix enfin qui a comme un écho vespéral de piété insinuent un retour ecclésial vers un autre âge.

Ce matin avant que le soleil se soit levé, l'atmosphère à l'orient veloutait sa transparence gris-argenté et y incrustait, semblait-il, les ramures nues brunissantes. Un peu à part, un cerisier grêle poussé en lampadaire se découpait avec ses feuilles mortes joliment pendantes tel qu'une floraison d'étoffe aux tons rompus. Et c'était un réveil frileux des eaux dont s'argentait la pâleur confuse. Mais, dans la journée, la sphère de feu dans le ciel *il* ne la comprend pas, elle éclaire un désert gelé. Cette aride lumière sur la figuration atrophiée des choses est vraiment sans ironie, elle n'est qu'absurde et hideuse. Elle *le* tend au point de le briser vainement. Cet isolement de l'homme en face des éléments, cet anéantissement de la force morale rendrait fou. Désespérément on attend le refuge de la nuit, avec elle on se sent moins et ne se voit plus.

En rêve, sa mère, des amis eux vivants et perdus et aimés toujours, de ces choses finies qui un moment résurgent et plus captivent, de ces larmes où coule et se dissout l'âme même — l'âme noyée dans un chagrin spiritualisé. Ces rêves forment comme des îles qu'on ne sait fortunées ou miséreuses, tant leur réapparition a un charme quasi de féerie, tant leur disparition définitive referme les perspectives anciennes. Et, par ce glacial janvier, on ne s'éveille que pour rentrer en soi sans plus d'illusion, avec une méfiance pire du lendemain, à peine si l'on ose sous le plein jour reprendre le fil interrompu des rêveries, se redessiner en leur superfluité dégradée les souhaits embaumés dans l'autrefois. Très au loin, des figures sans plus d'appellation humaine s'aperçoivent se dresser labiles, virantes, tiges décolorées et fripées en linceuls.

Les yeux tiennent de la lumière, de l'eau, de la gemme, du miroir et du rêve. Ils peuvent fasciner diversement, leur attrait semble de fenêtres dormantes. Ils habitent enfin une incontrôlable frontière, et ils révèlent en un clin les recoins de l'âme ou prennent une fixité plus distante que les étoiles.

Les eaux tournoyantes aux enveloppements soyeux ont un prestige allant bien au delà des jaspes herborisés, des ciselures les plus rares, des minceurs aranéennes de la créponaille, des spires de certaines dentelles très compliquées, elles ont avec un air de tarder une vie de fuite dans leur fermeture lavée si peu miroitante et murmurante.

Dans les grands froids, *il* se sent devenir gélif non moins que les arbres et les pierres. Par ce jour sans presque plus d'inclémence, il s'est penché sur le bastingage du steamer, il regardait, sous une nue divisant le pâle azur telle qu'un bandeau virginal, le vert antique des eaux blanchir et reverdir, se creuser d'ombres bleues, s'ériger en pics d'écume jaillissante, rouler de glaceuses clartés qui s'abîment. Puis, le soleil voilé a laissé une traîne frémissante sur la mer, et partout autour elle remuait uniformément dans une froideur déteinte.

Sur la route *il* a rencontré un homme portant par les ailes croisées, presque tordues une *mauve,* pour peu il la lui céda. Sur la table chez *eux* elle s'est accouvée, sa tête ronde se relevait mignonne et ses yeux bruns intelligents clignaient suivant *leurs* gestes. Elle n'avait point l'air trop inquiet ni trop rassuré, elle voulait les becqueter, reprenait son petit air malheureux, implorant. Ils gardaient libre dans leurs mains la bête légère aux plumes couleur de perle, et sur la terrasse herbue quand elle vit la mer elle se laissa choir, en trois coups d'ailes s'enleva envoyant son petit cri d'indépendant adieu. Et devant elle dans l'espace, ils se sentaient captifs, comme abandonnés.

Deux rêves d'elle. Dans de longues galeries aux plafonds bas et aux murs gypsés, elle marchait péniblement sur une litière de paille dans laquelle ses jambes s'embarrassaient, et partout éparpillés des corps d'hommes et de femmes étendus morts la face verdâtre avec une expression d'heureuse délivrance, ils étaient vêtus en ouvriers, les mains des femmes surtout *l*'affectaient, elles étaient très fluettes sous la peau blanche aux doigts marqués de piqûres d'aiguille, *elle* comptait les os, les nerfs, elle avait peur car ces mains craquaient, s'émiettaient comme du bois mort et elle ne pouvait s'empêcher de les toucher, et parmi cela un grand chat noir étique aux yeux de verre sautait s'arquant hérissé, *sa* jupe sous ses griffes était en loque, et pas plus qu'elle qui voulait sortir il ne parvenait à son visage et elle sentait la cuisson de ses égratignures.

Elle était assise sur la margelle de marbre d'un vaste bassin plus long que large, entouré de grands arbres aux feuilles bleuissantes tant elles étaient d'un autre vert que le vert qu'elle voit dans la nature. Sur ce bassin voguaient en jouant des enfants, ce n'étaient pas des cupidons mais des gamins et gamines qu'elle a connus, ils étaient là dans cette eau de cristal comme dans leur élément et vêtus de légères étoffes bouillonnantes. Puis tout à coup elle se retrouva dans un chemin caillouteux et rapide que dans son enfance elle aimait. C'était l'hiver clair et froid; sur le bord du chemin près d'un buisson de prunelle était étendu un jeune garçon malade, il tendait les mains vers un gros rosier tout couvert de roses pourpre et les quelques pas qui la séparaient du désir du malade étaient malgré tous ses efforts impossibles à franchir, elle piétinait impatiente devant ces yeux de fièvre prêts aux pleurs.

Ce matin de haute marée, dans l'atmosphère nacrée et nébuleuse les fumées des vapeurs traçaient des ombres moirées sur les eaux d'une indolence invitante en leur gris à peine verdâtre énigmatiquement fondu. Quelle traîtrise satinée ces ondes aux flancs du bateau ! tombe immesurée qui vous bercerait encore.

Dans les tons blanchâtre et ardoise de l'air et des eaux ce matin sous le brouillard, c'était un silence tombé que ne relevaient pas les sifflements d'alarme vers l'entrée du port. Et les eaux ondulaient lourdes et douces, des reflets s'allongeaient visibles à peine dans elles noyantes, des avirons de bateaux n'avançant pour ainsi dire pas avaient une palpitation morte, et les mouettes gardaient de l'imprévu dans les détours, les retours de leurs circuits. Quelques poissonnières et des matelots passaient avec leurs bonnets de femmes d'hospice, leurs airs traînards, et à l'horizon rapproché quelques voiliers suspendaient de fantomatiques ailes dans une région dissolvante.

Il a rêvé qu'il devenait fou, elle surveillait anxieusement ce malheur. Il sentait se consommer en lui l'aliénation, il s'acharnait à se ressaisir, ce mal d'âme se forlongeait en des incertitudes poignantes. Cela de part et d'autre ne se supportait plus. Et il se terrifiait de sombrer dans un autre que lui, tout en gardant sa même forme maintenant vaine. Son identité achevait de se détruire, mais il n'était pas positivement encore le nouveau personnage faussé, à la fois mentant à sa dénomination et impuissant à la rejeter. Son vrai moi en train de passer perdurait dans le corps, l'apparente figure semblait peut-être la même, tandis que la misérablement neuve expression s'égarait dans le visage, ne parvenait à s'y loger. Et ainsi le visible et l'invisible de lui-même ne cadrant plus, il éprouvait un ahurissement affolé de son mélange dédoublé.

Dans les vases de la grève,
la carcasse d'un navire échoué se décharne de plus en plus,
un cormoran vole un moment tout près,
sa vie se défait de plus en plus,
il ne sait quoi de triste, de cher repasse dans le présent noir.

Cette après-midi de ciel cendré, au long de la grève grise, les eaux vaguement vastes et guirlandées de quelques fumelures avaient une molle pâleur. Vers la haute mer, à un endroit d'un indécis prolongement miré, ce semblait quelque plancher de marbre d'un temple. Et ces eaux *lui* devenaient lustrales.

En ces jours d'anniversaire de la mort de sa mère, de la veillée funèbre, de l'enterrement — jours suivis de *sa* fête comme d'une mauvaise ironie, il revoit brûler les cierges blêmes et doux près de la figure paisible de la morte, puis sur le catafalque; il voudrait qu'ils soient un gage de résurrection. Ce ton de cire des cierges va bien aux morts, il les accompagne et les définit crépusculeusement. Et il a aussi près de lui, ces matins, un bouquet de narcisses, frêles et diaphanes fleurs, aux coupes doubles si mignonnes, leur odeur a une douceur si subtile qu'elle en deviendrait presque amère. Ne symbolise-t-elle pas vraiment, cette odeur exquisement légère et pénétrante, la peine qui nous revient des morts bien aimés ?

Il a longtemps pensé qu'on devrait garder chez soi ses morts, reliques véritables d'un ossuaire privé. Mais au fond cette présence squeléteuse n'attesterait-elle pas plutôt une irrémédiable absence ? Même la photographie des morts donne une insatisfaisante illusion. L'invisibilité physique des inoubliés semble la seule consécration pure.

Les dissonances d'un vent de tempête dans les nuits sombres avivent, rabattent, élèvent, emportent, ramènent nos mélancolies. Le calme des nuits sereines fait plutôt peur, et l'homme s'isole jusqu'à s'égarer sous le clignotement muet des étoiles. Le vent dans l'ombre semble indéterminément frôler l'invisible.

Les mirages que l'on voit à des lisières marines sont, en leur évanescence un moment durante, comme une réalité du rêve.

Paris, février-mai.

Ce qui *lui* eût semblé un repos et un excitant tout à la fois, c'eût été d'être un grand acteur tragique : son rôle l'eût possédé, et sa voix et son geste et son maintien, son apparence et son âme elle-même auraient fait renaître de glorieux passés. Les spectateurs se fussent reculés pour lui comme des ombres vives, cette salle de spectacle fût devenue le lieu de la postérité qui juge le héros quelques heures réapparu. Et la femme qui lui eût jeté un bouquet l'eût laissé plein d'indifférence. Ces incarnations, du moins, l'eussent dérouté de l'ennui et de la haine de soi.

Une nuit, après un premier rêve exagérant, faussant certaines craintes, *il* se promenait au long d'une mer verte et soyeuse sur une digue très peu élevée, étroite, sablonneuse, de l'autre côté bordée de plaines incultes, et que continuait à l'infini une allée de pins maritimes, il se promenait avec un mélancolieux ami, et ils parlaient si bas qu'ils ne s'entendaient que psychiquement — seule entente entière en une pudeur. Et leurs yeux à intervalles se rencontraient, effleurant la même ligne de vision défluente, et si anxieusement. C'est que, dans cette région édénique retrouvée du moins dans la forme visible — l'air était balsamique, c'est que pourtant ils ne voyaient toujours pas survenir la solution du problème des choses. Et leur errance d'attente durait indéfinie.

Elle s'est réveillée, lui dit-elle, cette nuit, les larmes au visage. En dormant, ses inquiétudes, ses peurs s'accentuent vagues. Elle ne savait plus au juste, à le précisément dire, de quoi elle pleurait, non elle n'a pas su le lui expliquer, et il voyait bien dans son peu de paroles pas nettes qu'elle avait été dans son rêve sur des confins de régions embrouillées, mais le sentiment qui se dégageait d'elle n'en était que plus intense. Elle a peur de son découragement à lui de chaque seconde, de son désintérêt de tout. Il y a à peine quelques jours qu'ils sont ici, et elle constate que ce fait de se fixer augmente d'innées nostalgies. Aurait-il manqué sa vie de n'être pas batelier, sur les côtes de Bretagne, dans ces anses découpées, accidentées, hérissées, boisées et parfumées? le vol virevoltant des oiseaux de mer, leurs cris d'une monotonie lugubre et profonde, l'embrun, le battement des flots aux amples déroulements sur des grèves perdues, les ciels tourmentés où chavire aériennement l'âme, les grands vents desquels on sort prostré mais assaini, voilà, il leur semble, l'infatigante patrie.

Quand il se voit dans une glace, c'est une torture. Ce reflet a il ne sait quoi d'ennemi, quelque chose qui dément son âme. Étrécissante, enfermante, usante image lui donnant le désir final de ne se voir plus! Et pourtant s'il n'était que ce reflet inutile?

Dehors, il a été abordé par un monsieur lui demandant s'il n'était pas artiste et s'ils ne s'étaient pas rencontrés à Venise. Épisode illusoire et touchant d'un moment. Il a rappelé à un inconnu la ville aquatique aux splendeurs éteintes. Et cet autre, son sosie, qu'il ne connaît point et avec lequel son apparence, son âme aussi peut-être, a une si trompeuse ressemblance, à cet autre il garde une reconnaissance.

Et *elle* est lasse, haillonneuse on dirait dans son châle à ramage, les cheveux défaits retombants et éguichés sur les tempes, les yeux s'enfonçant languides sans mollesse. Sa pauvre chère figure se ratatinerait, ses larmes éclosent moins qu'elles ne se résorbent, cependant elle ne pourrait rester tranquille. Pas plus que lui elle ne se plaît. Quand elle a sa robe de soie grenat à broderies noires, elle semble *évolée*.

Une vision leur reste d'hier quand passant rue des Capucines ils remarquaient, à une croisée sans rideaux d'un premier étage, une petite fille de moins de dix ans attifée et pâle, l'air un peu d'une poupée articulée, mais douillettement remuante.

Ce soir, elle dans le fauteuil près du feu paraissait s'endormir épuisée, la tête s'inclinant de côté, le teint exsangue, et elle ne répondait pas à sa demande à lui, rouvrait à peine son visage, les yeux moins fermés que disparus, et comme il insistait pour qu'elle lui dise « où elle était » elle répondit en une vague présence « partout et nulle part. » Leurs désirs à tous deux se blottissent frileux et contrariés au fond de leur cœur.

Dans les cafés les consommateurs d'absinthe *leur* paraissent fuir le réel par un lent et parfumé empoisonnement. Absinthe — opale verte où s'altère le rêve.

Sa récurrence d'inexistant amour à *lui*, c'est la blonde reine ondoyante de la nuit, paraissant seule sur la scène dans une robe de gaze bleuâtre constellée. Christine Nillsson chantait, dans ce rôle de la *Flûte enchantée*, de sa voix de soprane-aigu presque dissonante délicieusement. Depuis ses douze ans, il a gardé une passion voyageuse vers la Norwège, où il n'ira jamais sans doute.

Et, ces tout derniers temps, il a conçu un sentiment indéfinissable pour une dame qu'il ne connaît que d'après un personnage de petite, de jeune fille imaginé dans un roman. Quelques lettres ont été échangées, et c'en est resté là. Le mari, qu'il ne soupçonnait pas, a réclamé le silence. Cette émotion demeure au profond de lui. Et *elle* devrait être fière de ces élans contenus. Il a oublié, lui, qu'elle a tout un passé qu'il ignore. Il ne lui a demandé que l'actuelle franchise. Mais enfin tout est plein de douleur. Et rien n'a d'attirance que l'intangible.

Elle redoute la solitude en face de la vie à un point que c'est cette crainte peut-être qui surtout la rattache à lui.

Dans leur eau-forte, *les trois croix* de Rembrandt, le crucifié est contre une muraille pleurant des rayons de ténèbres. A ces minutes de la mort du Christ sur l'arbre génésique et mortuaire, la nature s'est faite sépulcre; c'est on ne sait quelle fulguration étouffée dans une clôture de précipice. Sur des blocs, au premier plan, striés de lignes cassées et croisées — glyphes préhistoriques ou ultimes, des mains apparaissent seules, se digitant griffues, spectrales. Tout au pied de la croix, une tête disproportionnée de hibou s'appuie sur des pattes imaginaires au ton d'ébène. Les saintes femmes prient en une presqu'invisibilité d'ombres.

Une intonation égoïstement cassante d'un quelconque froisse en *lui* il ne sait quelle fibre. Des fois, il en reste involontairement consterné.

Dans un rêve de fièvre, il était obsédé d'un insecte sur une toile tendue, insecte n'avançant pas bien qu'en vie, et *il* craignait qu'il ne pénétrât en *lui* par quelque ouverture, ses oreilles lui paraissaient spécialement attirer l'insecte, mais celui-ci demeurait immobile et menaçant en une attente formidable.

Cette nuit, elle était petite fille à l'école, un

vieux ébouriffé marquait des chiffres et des cercles avec de la craie blanche sur le tableau noir, il voulait leur montrer Dieu, leur bien le faire entrer matériellement dans leurs caboches. Elle avait beau suivre, virer, entrer dans les cercles, additionner les chiffres, elle ne voyait pas le Dieu du vieux magister impatient, et avec toute son attention elle se raidissait, puis il lui sembla être emportée bien au delà du plafond blanc de la maison d'école dans un air très doux, bluté où elle entendait une musique assourdie comme d'insectes et d'êtres invisibles, elle ne sentait plus son corps, son moi planait dispersé. L'ouverture d'une porte tristement la réveilla.

La Seine au pont de l'Alma aujourd'hui très haute est d'un vert laiteux, elle fuit sans bruit, de grandes nappes rondes tournent et passent, des cercles se forment, se mêlent, disparaissent, des fétus tournoient emportés. Les quais sont submergés, le fleuve est libre de bateaux, seule la tour Eiffel le barre de son ombre, et des échafaudages s'amincissent, se brouillent sur cette rapidité restante. Un gamin jette du gravois bien vite englouti, peu à peu *leur* regard devient vague et le désir leur vient de couler aussi dans cette eau vite reclose.

L'un et l'autre s'avouent se morfondre dans l'expectative d'ils ne savent quoi et de ce qui n'arrivera pas. Mélodies heurtées et cajoleuses, ou murmurations humbles sous les nefs hautes.

Couchés ils regardent, à la lueur de la veilleuse, l'ombre arrondie, ouvrée, amincie, étrange en somme du violon sur le montant de la porte de la chambre, violon superflu dont elle extrait une plainte à peine et puis c'est tout, il reste suspendu avec l'archet en signe de désir et d'impuissance. Symbole aussi peut-être de la primitive patrie dont *ils* ont perdu le fil.

Un *moment musical* de Schubert les a atteints

à ces replis où se refoulent les attentes de l'ineffable.

Quelquefois leur chatte prend un air si à part, un peu vieillot, pas précisément mécontent, mais comme si elle allait s'accoutumer à vivre dans son coin. Son gros freluquet de fils griffe, dérange les rideaux pour mieux voir dans la rue, il guette, s'attaque à tout, ne se fixe à rien. Décidément la chatte aurait d'une grande dame veuve qui dans l'ombre ferait peut-être encore des fugues, mais le jour se momifie.

Dans les *Caprices* de Goya, tremblants phantasmes d'une blancheur translucide et blêmissante tachetant des scènes nocturnes et avivant leur mystère, récitations de chapelets de vieilles mères jouant la religieuse en l'honneur de leur propre luxure maintenant encapuchonnée mais que ressuscitent leurs filles s'apprêtant pour la fête, sommeils accablés où ne se lèvent même plus de fantomals rêves mais qu'enveloppe toujours une tâtonnante lueur se noyant grise, moribonds qu'assistent de vains médecins et que, de l'autre côté du lit, frôlent déjà de surgissantes ombres, têtes enfin idiotes et colludantes, larveuses, presque grandioses, et parmi des sorciers accroupis que stupéfie la venue du jour cette main levée de l'un d'eux, tendue vers les étoiles qui s'éloignent, cette ombre surtout derrière déployée léthale.

Des fois, dans leurs bons moments ensemble de songerie, même alors un isolement singulier se fait en lui, il se sent dans un désir sans plus de forme, un désir abstrait.

Si, se penchant sur elle quand elle dort, il pouvait surprendre les décors branlants, changeants de son rêve!... Scènes, lui dit-elle ensuite, auxquelles elle participe, où elle gesticule, mais sans être vue, et où les choses se disent en d'autres langues qu'elle ne comprendrait plus au réveil.

L'âme ne se sature qu'en Dieu.

Le Christ serait un Orphée de mystique douleur.

Deux rêves d'elle. Elle se trouvait dans un grand parc au bord de la mer, abandonné et enfermé dans de hautes murailles couvertes de végétations. Les allées croisées et sinueuses étaient moussues, dans des bassins de granit l'eau croupie se couvrait de limon. Il faisait chaud, pourtant le ciel était gris comme en hiver. Elle n'entendait aucun bruit que le battement continu et sourd de la mer. La maison délabrée et fermée n'avait pour ouverture qu'une chatière, d'où sortit un extraordinaire crapaud noir comme du velours, il était énorme et ses yeux d'or ronds, fixes et brillants la fascinaient, tandis que son gros corps ramassé en une menace la terrifiait. Comme il se haussait grandissant, elle s'est réveillée dans un cri.

Elle souffrait d'un malheur qu'elle avait oublié et se trouvait dans un paysage depuis longtemps désiré, c'étaient de hautes montagnes dans le midi, une rivière claire et filantè. Elle s'étonnait de n'éprouver aucune joie, et le fait qui la faisait tant souffrir elle ne put le retrouver.

Les quelques et courts moments où elle s'est trouvée dans les coins désirés, aimés, aux premières secondes de calme joie succédait une transe d'irréalisable. Ces endroits de nature tant rêvés n'étaient plus que comme le vestibule d'une autre chose que des transformations futures peut-être ne lui donneront point. Et toujours et surtout en ces moments elle se sent abandonnée de l'incommunicable.

Au Louvre ils s'arrêtent devant le jeune homme de Francia, à ses yeux amers se noyant de nuit, à sa bouche qu'on dirait qu'une moue gonfle, à son nez presque retombant en une finesse qui a trop flairé, aux cheveux touffus, suffisamment amples sous le béret presque austère. La minceur et l'éloignement du paysage sous la prase tardive du ciel conspire avec la physionomie plus qu'italienne, rentrée et fondue en son triangle évasif.

Un rêve de lui. Une tête près de se dégarnir de ses cheveux et dont la raie prenait une importance comme devant bientôt n'être plus possible s'était venue placer à ras de ses yeux, et cette raie s'agrandissait en une avenue isolée.

Elle a fait cette nuit un rêve qui la laisse toute triste. C'était dans une lande déserte à la lisière d'une forêt, il faisait bien froid, le ciel si bas qu'elle aurait pu le toucher. Pas un bruit, pas un être, elle cherchait à se reconnaître et peu à peu la mémoire lui revint qu'elle était morte et elle ne pouvait absolument pas malgré ses efforts faire un mouvement. Ses yeux voyaient tout en grisaille.. Tout à coup comme d'entre les bruyères sèches se dressa une femme, elle avait les cheveux noirs, courts et lourds, un teint olivâtre avec des yeux luisants et immobiles, elle lui parlait sans que ses lèvres remuent... « Elle était *son* double, mais ce qu'*elle* voyait d'elle n'était qu'une apparence, sa réalité à *sa* mort avait été délivrée et avait fui dans un autre monde plus lumineux, et *elle* resterait un long temps à errer dans cette forêt gelée en punition d'un mal commis dont *elle* était morte. » *Elle* ne pouvait se rappeler ce mal. La femme disparut, alors commença un défilé de gens morts depuis des années et qu'enfant *elle* avait à peine connus. Quelques-uns la traversaient et elle se sentait dissoudre. De loin entre les arbres à ras des herbes flétries se mouvait triste et douce la figure de sa meilleure amie morte il y a très longtemps. Éveillée, elle s'égare dans son passé sans mérites et s'épouvante d'un futur expiatoire certain.

A Saint-Séverin, dans l'abside, une colonne unique dans Paris, tournant dégagée avec les spires qui la cordèlent, n'est-elle pas, cette colonne-arbre, un symbole de l'âme s'enroulant en son élan? L'encens aussi tourbillonne et monte... Des matins, *il* reste dans le bas solitaire de la nef à regarder la lumineuse pâleur fusant des vitraux d'un gris d'argent vieil et doux.

Un orgue de barbarie continue non tout près dans la rue son virement titillant et traînant, c'est bien le douloureux rance de l'âme. Et la monotone, vaguement aigre mélodie tremblote plus loin, elle *le* suspend en un chavirement de souvenir.

Ils recausent de l'heure à laquelle ils voudraient mourir. Elle aimerait que ce soit le matin, dans la nature.

Une fleur d'iris jaunâtre et violâtre, un deuil de lumière mais sans franchise, teintes qui se frôlent sans cesse et ne se mêlent point. L'autre fleur d'iris était gris-pâle avec un rien de bleuâtre sur les bords comme dans leur ombre.

Un matin tout particulièrement Boby en entrant à pas comptés et veloutés et de façon cauteleuse dans la chambre, ce jeune chat aux tigrures grises et incestueux lui est apparu à *lui* hideusement symbolique. Sa face poilue, ses yeux jaunes sans rayons, sa démarche assourdie, ses oreilles dressées sans qu'elles s'élèvent, tout de cet animal laissait soudainement lire, en sa reptation comique et menteuse, quelque chose de moins naturel peut-être que diabolique, quelque inconscient diable sourdant des larves premières.

Les yeux d'argus d'une foule inag[illegible]ée devant laquelle on passe s'indivisent contre vous en une monstrueuse énormité.

Une après-midi en bateau sur la Seine, comme le soleil brûlait, *il* a abrité de son parasol simplement, sans qu'elle s'en aperçût, une jeune fille déjà un peu grande mais si loin de la nubilité; une femme commune était avec elle. La jeune fille restait à part à l'insu d'elle-même. Et lui ne se rapprochait pas, il regardait le calme pâle de cette blonde frêle, son front élevé en un bombement d'une douce nervosité, l'expression si peu agacée qu'ont ces rares êtres purs ne se sentant pas à leur aise dans la vie mais en somme ne se souciant pas de ce qui se passe.

Une ombre portée de la Samaritaine, un matin, humiliait la teinte de jade du fleuve qui continuait à mouvoir chatouilleusement cette défroque d'ombre.

Trop de fois dans les rêves, une absence d'aération, des cheminements blafards se lient à d'inanes apparences.

Une nuit, *il* rêvait que son reflet dans la glace reproduisait une attitude autre, les bras droits au-dessus de la tête se suspendaient, ils adjuraient à jamais. Et cette contemplation par lui de son image imprévue, comme de son spectre, ne durait qu'une seconde, il était affolé, d'abord il se sentit cloué sur place en face de cette vision, elle lui entrait dans l'être même, il la devenait vraiment, et il se mettait à crier, aussitôt à courir par des chambres, les portes grandes ouvertes, et ces chambres toutes vides pareilles à des salles de réception, de danse répercutaient la sonorité tremblante de sa voix éperdue, de son allure qui pantelait. Il *la* cherchait et ne la pouvait trouver, à tout prix il voulait retourner avec elle devant cette glace, mais plus les secondes s'écoulaient, plus il lui semblait devoir devenir difficile de reconstituer cette image déformée — il avait cette idée au fond de lui — déformée uniquement par un effort de sa volonté, cette volonté précédente dans la veille il l'avait négligée en rêve comme d'habitude lorsqu'on dort, mais elle ne subsistait peut-être que plus certaine en ses latences, volonté de projeter hors de soi son propre reflet changé sans s'être précisé à soi-même cette différence. Effort, torture de se surprendre quasi miraculeusement et par soi seul !

Ce qui l'exaltait navré, c'était d'attendre indéfiniment d'entendre le son de son âme, ce son pour lequel il sacrifiait chaque jour, chaque nuit toute paix, pour lequel il voudrait si bien mourir. Ce son-là, s'il venait, le fondrait en Dieu... Mais déjà il balbutiait. Non, il n'était nul moyen de saisir cet inconnu qui se rompt en nous sans finir.

Et de ces mots d'entr'ouvertures : passé, horizon, départ, chuchotaient encore à *leur* oreille en une titillation.

A une fin de nuit, un rêve plus éveillé qu'endormi *lui* fit voir une femme à l'impériosité fatale, était-ce sa folâtre et colérique amie? une femme indistincte en ses traits comme en son costume — *il* se rappellera seulement qu'il était d'une blancheur fastueuse, et cette femme se tenait de l'autre côté d'un cercle posé debout et immobile, grand environ comme ces cerceaux avec lesquels jouent les enfants, et ce cercle le faisait songer à un anneau, les bouts de ses doigts y étaient rivés, il était baissé, cet anneau entre cette femme et lui, et elle se faisait entendre sans paroles, et l'anneau prenait une finesse linéaire enchaînante et enfin semblait engendrer une hostie aux rayons longs, ténus.

Il gardait une affectuosité à *la Vierge aux rochers* du Vinci où, par delà le rouilleux du vert-minéral et des rutilances et l'inflexion se retournant infuse de clartés de l'ange dans sa quiétude affinée, il croyait lire une astrologie de signes dans ces mains alchimiquement précieuses, mains priantes ou bénissantes des enfants augustes, doigt de l'ange aux indications peut-être même trop finement longues, mains de la vierge-mère s'étendant regredillée et volubile, comme couvrante.

S'il avait donc pu retenir, recueillir en lui l'arcane fuyant des choses !

Tous deux *ils* se sentaient entourés inexplicablement, occultement.

—

Ces derniers jours de mai, *ils* ont fait une excursion dans le Finistère. Ajoncs d'un jaune brûlé, genêts d'une clarté auprès presque limpide, ronces aux courbures faufilées, bougeantes, chênes tordus, noueux que fenêtre leur feuillage, châtaigniers caverneux au pourtour colossal, tons bruns noirâtres et violâtres de ces terres, fleuves courts où flue et reflue la mer et que leurs replis rallongent, surtout les haleines éparses d'une engourdissante languissance *les* ont frôlés. Puis, le dernier matin de mai, de ce mois de la Vierge, l'Isis, la Déméter antiques, bien plus que la sainte femme de Judée, ils descendaient à la gare de

Chartres, éblouis, dans un ciel nuageux d'aurore, de lointains verts abreuvés où l'inassouvi défaille; et bientôt, comme ils allaient vers la cathédrale, ils s'arrêtaient aux gris d'argent glacés, satinants des nues figeant leurs tourbillons, à des grivelures tisonnées sur ces gris amortis déjà. Vers les cieux tendaient les deux clochers dont l'élan est le même dans la différence de la simplicité du plus vieux, de l'adornation de l'autre; décidément *ils* préférèrent les écailles imbriquées qu'en leurs interstices on sent secrètement verdir. A la base de cette tour, de côté, un ange grêle, sans corps sous la robe aux longs plis en gaîne, le visage plein et rond d'une naïveté riante, les ailes se serrant contre le dos semblables à celles d'un oiseau mouillé, tient devant lui un cadran solaire qui ne marque plus. A un portail, des colonnettes se détachant filantes semblaient des tuyaux de pierre et près de bruire dans l'air matinal; mais les cloches s'ébranlèrent. Et dans la crypte tournante où les gens vont comme des ombres, des tintements argentins de clochettes clarifiaient le silence, les autels sans surcharge de parure imposent leur austérité, les veilleuses piquent les ténèbres, leurs clignotements seraient un signe d'attente. De retour dans la nef, *ils* revinrent au veloutement obscur des réseaux sculptés en cercles et en larmes entre les teintes luxueusement discrètes, comme tapissées ou même éthérées de la rose du bas non retouchée.

Une nuit, dans son rêve à *lui, ils* avaient été séparés; des choses, même les plus pénibles, avaient lieu entre eux; on était résolu à se quitter pour toujours, et malgré cela la séparation traînait, mais enfin leur manière de rester ensemble encore n'en était que plus misérable, vraiment harassante. Et voilà qu'il s'est réveillé et que ne la trouvant pas près de lui — elle était dejà levée — il s'inquiète, il ne comprend plus. Lui qui tout à l'heure endormi souffrait tant, quasi matériellement, d'être encore auprès d'elle, maintenant tout à coup, les yeux rouverts, craignait un seul instant d'absence d'elle. Ces sauts brusques, contraires disloqueraient l'être même. Il semble qu'éprouvant ainsi, simultanément presque, oui et non sur la même personne et cela du fond du cœur, on en vienne à ne garder de soi qu'un doute dégoûté.

Cependant en certains vagues sommeils, quand reposant l'un près de l'autre avec chasteté sans plus parler ils plongent vers l'irrévélé de leurs désirs, on les croirait des extatiques en l'attitude comme morte de leurs corps, que parfois de reliants serrements de doigts à peine et presque poignants témoignent seuls n'être pas encore au delà de la vie, sous l'ombre pour eux se dissipant des nuits.

Achevé d'imprimer

le vingt-deux juin mil huit cent quatre-vingt-neuf

PAR

ALPHONSE LEMERRE

25, RUE DES GRANDS-AUGUSTINS, 25

A PARIS

www.ingramcontent.com/pod-product-compliance
Ingram Content Group UK Ltd.
Pitfield, Milton Keynes, MK11 3LW, UK
UKHW021040230726
13926UKWH00004B/1582